黒衣の税理士

Sachi Umino
海野幸

CHARADE BUNKO

Illustration

麻生海

CONTENTS

線路沿いの一本道は、初夏の日差しに照りつけられじりじりと焼けるようだった。平日の昼、もともと電車の本数が少ないせいもあって、遮断機は沈黙を続けている。

ラップに包まれたような静けさと、気だるい暑さに支配された夏の午後。

玲司《れいじ》は眼鏡《めがね》のブリッジを押し上げながら線路沿いにある一軒の中古車店を見上げていた。

(ここか……)

黒いスーツに黒い鞄《かばん》、フレームレスの眼鏡をかけた玲司の姿は、真上からの日差しを受けて地面に落ちる黒い影がそのまま立ち上がったかのような錯覚を見る者に与える。ワイシャツのボタンを一番上までしっかりと閉め、ダークグレイのネクタイもきつく結んだ姿は見るからに暑そうだが、本人は至って涼しい顔だ。端麗な顔に汗ひとつ浮かべず、玲司はクライアントの店名と所在地の書かれた書類を手に目の前の建物を見上げる。

ミラー中古車店、と色褪《いろあ》せた看板が掲げられている。目的地はここで間違いないようだ。

玲司は書類を鞄にしまいながら店とその周辺に目を走らせた。

建物は三階建てでL字型をしている。その端と端を結ぶように三角形の駐車場があり、そこに雑然と売り物だろう車が置かれていた。

車の数はザッと二十。個人で営む中古車店ならそこそこの取り扱いといったところか。

駐車場が真四角でないから並行に車を置くことができないのか、やたらと右に左にまとまりなく顔を向ける車の間を通り抜け、玲司は建物に近づいた。

一階は商談ルームらしく、ガラス張りで中が見通せる。店内は明るく、大きな丸テーブルが三つと観葉植物なども置かれていて思いの外整然としていた。

ガラス戸を押して店内に入ると、室内の突き当たりにあるカウンターに男が腰を下ろしていた。年は四十くらい、まだ黒々とした髪をきっちりとオールバックにして、玲司が入店すると同時にカウンターの向こうで立ち上がった。

スーツではなく、白いシャツにスラックス。ノーネクタイで、顔つきはほとんど無表情。一般の客にギリギリ愛想の悪い店員で通るか、あるいはその筋の人間と悟られるか、かなり微妙なラインではあるがまぁ妥当な人選だ、と玲司はカウンターに歩み寄る。

榎田《えのきだ》、と書かれた名札を胸につけたオールバックの男は玲司が用向きを告げると寡黙に頷《うなず》いてカウンターの扉を開け、その奥にあるスチールの扉を指差した。扉を開けると、二階へ続くリノリウムの階段が現れる。

事務所は上だと告げられ、玲司は会釈して戸口を潜《くぐ》る。階段を上り始めると背後でゆっくりと扉が閉まった。肩越しにそれを見下ろし、玲司は頭に叩《たた》き込む。

(もしも階上でトラブルが発生した場合、事務所から逃げ出せたとしても階段の下にあの男が立ち塞《ふさ》がっている可能性があるわけか……)

もしも、なんて起こって欲しくはないが、いざというときを想定しておくのは重要だ。階段を上り切ると目の前に事務所の入口があり、左手に長い廊下が伸びていた。会社のビルというよりは、テナントと呼んだ方が近そうだ。

事務所の扉を叩くが返事がない。一呼吸おいてから戸を開けると、途端に中から真っ白な煙が漏れてきた。煙草《たばこ》のようだ。

スチールのデスクが四つ、向かい合わせで部屋の中央に置かれた事務室。入口に背を向けるように隣り合っていた二人が同時にこちらを向く。片方はレスラーのような巨漢の男で、大変に目つきが悪い。固太りして、顔もパンパンだから年齢は不詳だ。もう片方は二十代後半といったところだろうか。随分整った顔立ちをした男だが、非常に気だるい顔つきで、一応スーツは着ているもののほとんどネクタイがほどけている。

一般客の目につく一階に比較的まともな外見の従業員を置き、二階事務所には横柄な態度の従業員がのさばる。これもまたよくあることだと、玲司は怯《ひる》まず一礼する。

「加藤《かとう》会計事務所の黒崎《くろさき》と申します。十一時からお約束をいただいて参りました」

こういうとき動揺したり萎縮《いしゆく》したりすれば相手につけ入る隙《すき》を与えてしまう。だからことさらきっぱりとした口調で告げると、美貌《びぼう》の男が煙草を噛《か》みながら首を回した。

「水木《みずき》ー、客。社長呼んできて」

男が顔を向けた先。向かいの席ではまだ少年と呼んでも差し支えなさそうな人物が熱心に週刊誌を読んでいる。細い首をパーカに埋《うず》めた少年は、視線を本に落としたまま面倒臭そうに眉根《まゆね》を寄せた。

「社長寝起き悪いから、近寄りたくない」

その言葉に、玲司の頬《ほお》がピクリと震えた。

約束を反故《ほご》にされたことはあれど、寝ちぎられたのはさすがに初めてだ。

気だるい美貌の男が、いいから、と向かいのデスクを革靴の先で蹴《け》る。水木と呼ばれた少年は不承不承立ち上がると玲司の横をすり抜けて事務所を出ていった。背後で階段を上る足音がして、社長は三階で眠っているらしい。

「すみませんねぇ、段取りが悪くて。社長なら今来るんで、応接室でお待ちください」

水木の足音が消える前に男のだらりと間延びした声が上がって、入口から見て左手側に長く伸びた部屋の奥を指差された。見遣った先には壁を背にして置かれたデスクがひとつ。社長机だろうか。机の横に隣室へと続く扉があって、隣が応接室ということらしい。

客人を応接室まで案内するつもりは毛頭ないらしい美貌の男とレスラーを置いて、玲司は迷わず室内へ足を踏み入れる。

歩きながら、玲司は横目で事務所内を観察した。相変わらず視界が薄く濁るほど煙草の煙はひどい。デスクの足元には競馬情報誌が積まれていて、ビールの空き缶も転がっている。

それでも、スケジュールの書き込まれたホワイトボードやコピー機、何某《なにがし》かのファイルが詰め込まれた棚があるだけ他《ほか》よりましだと玲司は思う。一応は会社事務所の体を保っている。

応接室にはガラスのテーブルを挟んで革張りの長ソファーが二脚置かれていた。ソファーの上には大きな額が掲げられている。そこには墨痕《ぼっこん》も鮮やかに『仁義』と書き記されていて、玲司は小さく眉を顰《ひそ》めた。

（ヤクザってのはなんだってこんなにそれらしくしたがるんだ――……）

訪問者に対する威嚇のつもりなのだろうか。だからといって今さらこの程度で動揺する気にもなれないと、玲司はソファーに腰を下ろした。

玲司が足を踏み入れたのは表向き中古車販売店という体裁をとっているものの、紛《まご》う方なき、ヤクザの事務所だ。さりとて玲司が取り乱さないのは、玲司の住むこの土地にヤクザ絡みの企業が多いことに起因する。県内を北川《きたがわ》組と成井《なるい》組というふたつの暴力団が二分しているおかげで、そのフロント企業がなかなか抜け目なく経済活動に勤《いそ》しんでいるのだ。

玲司は加藤会計事務所に勤める税理士だ。場所が場所だけに、加藤会計事務所にもよくヤクザの息がかかった会社から仕事が入る。ほとんどが確定申告間際や不動産贈与など通常業務とは異なるやっかいな仕事ばかりで、その上相手がヤクザとなればたいていの税理士は敬遠する。そんな中、率先してヤクザ絡みの仕事を引き受けているのが玲司だった。

冷徹な美貌を持つ玲司は、ヤクザの手荒い対応にも怯まない。同僚の税理士がうろたえるような仕事も淡々とこなしてきた。おかげでいつの間にやら事務所内のヤクザ絡みの案件はすべて玲司に回ってくるようになっていて、今日も今日とて、玲司は不穏な会社に赴くことになったのである。

(それでも、北川組の息がかかっている会社なら、まだましだ)

煙草の煙が薄くなった場所で深く息を吸い込み、玲司は目頭を揉《も》んだ。

(この前行った成井組のところの不動産屋なんてろくな対応じゃなかった)

あのときは顔面すれすれのところに火のついた煙草が飛んできた。余計なことに首を突っ込むなと怒鳴られて、それが税理士の仕事だと応《こた》えると今度はガラスの灰皿が飛んできた。

それに比べたら、と口の中で呟《つぶや》いていたら、事務所の方が急に騒がしくなった。

どうやら社長のお出ましだ、と玲司はソファーから立ち上がる。

扉の向こうで、張りのある男の声が上がった。

「お前らいつも言ってるだろうが、煙草を吸うなら外で吸え、外で。事務所は禁煙だぞ」

漏れ聞こえてきた言葉に、玲司は鋭く反応する。やはり北川組系列の会社。社員は不真面《ふまじ》目《め》な者もいるようだが、社長は少しは話のわかる男のようだ。

こういう存在はありがたい、と玲司が息をついたのも束《つか》の間《ま》。

事務所に続く扉が外から勢いよく開かれて、玲司はそのまま、目を見張った。

現れたのは、着流しの男だ。濃紺の着物を纏《まと》った、背の高い。

いやしかし、注目すべきはそこではない。男の着物の着崩し方はどうだろう。胸は大きく

開いて、大股《おおまた》で歩く裾《すそ》は乱れ、黒い帯一本でなんとか胴体に着物が絡んでいる状態だ。

玲司は一瞬、温泉旅館のロビーで朝食前の煙草を吸うオッサン連中を想像する。浴衣《ゆかた》のまま眠って、寝乱れたまま部屋を出て。

目の前の男は、まさにそういう風体でそこに立っていた。

「お前らは本当に……毎日毎日言っても聞きやしない。あのなぁ、煙草は——……」

体半分を応接室に入れた男が、扉の向こうに向かって諭すような声を出す。

服装はどう考えても職場にふさわしいものではないし、片腕を着物の脇《わき》から懐に突っ込んで立つ姿は柄が悪い以外の何物でもないが、一応言っていることはまともだと玲司が思ったのも一瞬だった。男は大きな掌《てのひら》で乱暴に自分の目元を拭《ぬぐ》うと、こう言った。

「痛いんだよ、目に染みる！ 煙は嫌いだ、下で吸え！ 特に紺野！ お前が下まで行くの面倒臭いって言うからわざわざドアの近くに席替えしてやったっていうのに——……！」

「社長こそ、事務所にはスーツで来てくださいよ」

事務所から、先ほどくわえ煙草で玲司に対応した男のものと思われる気だるい正論が返ってきて、玲司はなんだかこめかみが痛くなった。

（……何が少しはまともだと思ったんだ、私は）

風紀云々《うんぬん》ではなく己の目の痛みに耐えかねて禁煙を主張する着物の男は、まだ目元を拭いながら扉を閉めると、やっと玲司と向き合った。

「あぁ……悪いね、朝からバタバタして」

「……いえ、もう昼です」

玲司は自分の腕時計を見下ろし、内面の動揺を見せない淡々とした声で答える。男は苦笑めいたものをこぼすと、今さらながら着物の前をかき合わせた。

「どうぞ座って。確か……名刺を持ってきたはずなんだが」

言いながら、先にソファーに座った男が着物の袖《そで》を探る。よく見ると、男が着ているのは着物というより浴衣に近い。先程まで寝ていたらしいことを考えれば、寝巻きと考えるのが妥当だろうか。しばらく薄い袖をひらひらさせて、男はやっと名刺を取り出した。

「この会社の、一応社長をやってる加賀美《かがみ》だ。よろしく」

まっとうに名刺の交換をする作法も知らないのか、加賀美は左手を浴衣の脇に入れたまま、片手でテーブルに名刺を滑らせる。玲司は無言でそれを受け取ると、自分は両手で名刺を差し出した。

「加藤会計事務所の、黒崎玲司です。よろしくお願いいたします」

やはり片手で名刺を受け取った加賀美だ、玲司の名前を見て眉を上げた。

「黒崎玲司とは……なんだかご同業の方みたいな名前だなぁ」

うちの幹部より偉そうだ、と臆面《おくめん》もなく言ってのけ、加賀美は楽しそうに笑った。

確かに玲司の名前は、どことなくホストのような、ヤクザのような雰囲気を醸している。

対する加賀美のフルネームは加賀美慶介《けいすけ》。名刺を見比べたらどちらがヤクザかわからない。

名前の印象については人からもよく言われることだけにまともに対応するのも面倒で、玲司は加賀美の言葉を聞き流すと早々に仕事の話を切り出した。

「それで――……今回は記帳代行業務のご依頼ということで、よろしいでしょうか」

うん？　と加賀美がやっと玲司の名刺から顔を上げた。記帳代行、と玲司が繰り返しても反応は鈍く、玲司は言い方を改めた。

「取引を帳簿に記録する仕事を、代行することです。何を買って、何を売って、何に支払いをしたのか、資料を元に記録をとります」

「あぁ、そう、それそれ」

「では、月に一度私がこちらを訪問する月次訪問という形で――……」

言葉の途中で再び応接室の扉が開いた。現れたのは、コーヒーカップのふたつ乗ったトレイを持った水木だ。水木は玲司にはソーサーつきの客用カップ、加賀美の前にはなみなみとコーヒーの注《つ》がれた大きなマグカップを置いて無言で部屋を出ていく。

一応、客用のカップを出す程度には教育されていると見るべきか。目の前に置かれた、白地に薄く花の模様が描かれた華奢《きゃしゃ》なカップを見ながら玲司がそんなことに思いを巡らせていると、正面で加賀美が喉《のど》を鳴らしてコーヒーを飲み始めた。

（とするとこの会社で一番まともでないのは、この社長だな）

初対面の人間の前に堂々と寝巻きで現れ、寝ぼけた顔で名刺を袖口から取り出す加賀美を見て玲司はそう判じる。

そんなことを冷静に観察する玲司の視線には気づかず、起きがけで喉でも渇いていたのか一息で大きなカップの半分ほどを飲み干してしまうと、加賀美はカップをテーブルに戻して右手で顔を覆った。

「あぁ、やっと目が覚めてきた」

言いながら、目にかかる長い前髪を加賀美が後ろに撫《な》でつける。どちらかというと色素の薄い、薄茶の髪をザバリとかき上げると、その下から幾分眠気が飛んでしっかりした顔つきになった加賀美の顔が露《あら》わになった。

玲司は自分もカップに伸ばしかけていた手を思わず止めた。

現れた加賀美の顔を見て——不覚にも、目を奪われてしまったからだ。

高く筋の通った鼻に切れ長の目、唇は薄くうっすらと笑みを含んでいる。肌は陶磁器のように白く滑らかで、どうやら加賀美は大層な美貌の持ち主のようだ。着崩した着物や緩慢な動作にごまかされて今の今まで気がつかなかった。

さて、と加賀美が姿勢を正す。斜めに流した細い髪がさらさらと額にかかり、加賀美は頭を一振りすると軽く身を乗り出してきた。

「仕事の話をしようか」

よっぽど、仕事の話ならさっきからしている、と言ってやろうかと思ったが、玲司はそれを飲み込んで人差し指で眼鏡を押し上げた。

「記帳代行、でしたね。月次訪問という形式をとらせていただいても？」

「あぁ、それでいい。確か前任の爺《じい》さんも月の中頃に来ちゃあ、山のような資料を抱えて帰ってったからな」

「山のような資料を……毎月、ですか？」

あぁ、と加賀美は鷹揚《おうよう》に頷く。再びカップを口に運ぶと、気楽に笑ってつけ足した。

「なかなか気の利く爺さんだったんだが、過労だか心労だか、とにかく先月ぶっ倒れて今は入院中だ。ついこの間見舞いに行ったら、このまま引退したいなんて泣きつかれた」

それは、と口の中で呟いて、玲司はその老いた税理士に深く同情した。

（……体を壊すほど酷使されていたのか）

まして相手はヤクザ。そうそう仕事を打ち切ることもできず、心底思い悩んでいたのかもしれない。

眼鏡の奥で、重たい霧《きり》が立ち込めるように玲司の瞳《ひとみ》が暗く翳《かげ》った。

けれどそれには気づかず、加賀美はカップに残ったコーヒーを飲み干して息をついた。

「そこは爺さんひとりでやり繰りしてる税理士事務所だったもんだから、爺さんに引退されたら事務所ごと変えるしかなくてね。それでアンタのところに連絡したんだ」

加賀美がバサリと足を組む。濃紺の裾が翻り、それを気にするふうもなく加賀美はカップを自分の顔の横まで掲げてみせた。

「そういうわけで、よろしく頼むよ、先生」

色素の薄い瞳が細められる。玲司はそれに、小さく眉根を寄せることで返した。

「先生と呼ばれるほど、私は偉くありません。黒崎で結構です」

「でも、税理士先生だろ？」

機嫌よさ気に笑ってなおも言い募る加賀美に、玲司は初めて意図的にその表情を変えた。

「加賀美さん……私を先生と呼ぶなら」

玲司の唇の端が持ち上がる。端整だが無表情であるがゆえに近寄り難かった顔に笑みが広がり、玲司はわずかに身を乗り出した。

「当然、私の生徒となる覚悟がおありですね？」

加賀美が小さく目を見開く。だって真っ黒なスーツに身を包み、うっすらと笑みを浮かべた玲司の顔は、地獄の門前に立つ悪魔のように禍々《まがまが》しかったから。

「あー……」

加賀美の視線が泳いだ。何かを察したらしい。とりあえず、以前雇っていた大人しく従順な税理士と玲司はまったく別物だということは理解したようだ。加賀美は何度か小さく頷くと、ためらいもなく言葉を変えた。

「黒崎さん、ね。了解した」

結構、と玲司が身を引く。その姿をまじまじと見詰めた加賀美は緩く握った拳《こぶし》を口元に当て、それから目を眇《すが》めるようにして薄く笑った。

「アンタ、面白い人だねぇ」

「就業時間中に寝巻きで現れる方にそう言っていただけると光栄です」

「ほら、そういうところが」

玲司の無遠慮な言葉に気分を害したふうでもなく、加賀美は背中をソファーに押しつける。

「ヤクザ相手に対等に渡り合う税理士さんってのは、初めて見た」

加賀美がジッと玲司を見る。前髪の隙間から、何かを見定めるように。

玲司はその前に端座して動かない。藪《やぶ》の向こうに潜む虎《とら》に値踏みでもされている気分だが、動揺を相手に悟られるわけにはいかないと思った。悟られた途端に、喉笛に飛びかかってこられそうだ。飄々《ひょうひょう》としているようでいて、加賀美の目にはそういう獣じみた鋭さがある。

しばらくそうして玲司を見詰めた後、加賀美はやっと目を伏せた。加賀美の視線から解放され、玲司も我知らず強張《こわば》らせていた背中から力を抜く。

それを待っていたように、再び加賀美が口を開いた。

「アンタはどうも、こっちの人間のような気がする」

ダン！　と大きな音がして、次の瞬間にはもう、目の前に加賀美の顔が迫っていた。

玲司と加賀美の間に置かれたガラスのテーブル。そこに加賀美が右手をついて大きく身を乗り出してきたのだと気づいたのは瞬《まばた》きを二回ほどしてからだ。

身を乗り出した加賀美は、玲司の横顔に自分の頰がつくほど顔を近づけると耳元で低く囁《ささや》いた。

「どうもね、同じ匂《にお》いがするんだ。――……気のせいか？」

玲司の心臓が、わずかにリズムを崩した。

その理由が、加賀美の不必要に甘い声音によるものなのか、それともその言葉自体によるものなのかは判断がつかない。それでも、玲司はとっさに首を振る。はずみで髪がぴしゃりと加賀美の頰を打って、わずかに離れた相手の顔を玲司は見据えた。

「気のせいでしょう。仕事の話をしますよ」

加賀美が玲司の目を覗《のぞ》き込む。ふぅん？　と何か含みのある笑みをこぼすと、加賀美は再びソファーに腰を下ろした。

玲司は膝《ひざ》の上で掌を握り締める。

これまでも、ヤクザ絡みの事務所には幾つも関《かか》わってきた。そのたびに罵声《ばせい》や怒声を浴びせられ、恐喝も暴力もそこそこ受けてきた。世間一般の税理士より、修羅場には慣れているつもりだが、今回はまた勝手が違う気がする。これは本当に、気を抜いてかかったら痛い目に遭いそうだ。目を逸《そ》らしてから飛びかかってくるなんて本当に獣のようで、加賀美はなんだか、底が知れない。

そうやって身構える玲司の前で、加賀美はリラックスした様子で大きく伸びをした。

「そうだな、今度こそ本当に、仕事の話でもしようか」

お喋《しゃべ》りしてたらやっと目も覚めた、と、悪びれもせず言って加賀美は目元を擦《こす》った。

応接室のテーブルの上にずらりと並んだ資料。足元に高く積まれたファイルの山。使い込まれた金銭出納帳、預金通帳のコピー、入出金伝票、各種領収書、請求書。

前任の税理士がまとめていたという資料に、玲司がくまなく目を通している。

室内に加賀美の姿はない。時刻は午後の一時を回り、加賀美は昼食のため部屋を出てしまった。玲司としても、こうして詳しく資料を確認する間はひとりの方が集中できるので、そのことに異論はなかった。

ひと通りチェックが済むと、玲司は眼鏡を外して指の先で目頭を揉んだ。

（……完全に、税理士任せだな）

金にまつわる面倒な仕事は全部爺さんに任せてた、と加賀美が淀《よど》みもなく言い切った時点で大体予想はついていたが、思った通り、ミラー中古車店の販売員はほとんど経理の仕事にタッチしていない。前任の税理士は伝票管理から仕訳作成、データ入力、試算表の作成や給与の計算までひとりですべてこなしていたようだ。

試算表を見ても、内容不明の入出金が多い。会社専用の口座がないのも問題だ。加賀美の個人口座からそのまま会社の経費が出ている。

（経営もずさんだ……）

金銭出納帳は毎月きっちり記入されているが、すべて同じ筆跡に同じ筆圧。恐らく前任の税理士が帳尻《ちょうじり》合わせのために毎月一括して書いていたのだろう。

ではこの記帳が正しいのか確認しようと思ったら請求書の保管がなっていない。お歳暮にもらうような海苔《のり》の缶や、底の深い菓子箱に乱雑に詰め込まれたあれらを一から出納帳に書き起こそうと思ったら本当に眩暈《めまい》がする。

しかもよく見ると、請求書の中にはどう見ても私用としか考えられないコンビニのレシートも入っている。内容はスナック菓子に雑誌、煙草、ビールまであった。

（税務調査が入ったらどうするつもりだったんだ……？）

この程度の小規模な会社なら入らないとタカをくくっていたのか。あるいはそんなものがあることすらこの会社の人間は知らなかったのか。

しかし、何より見逃せないのが確定申告書の代表者自署押印欄だ。そこには加賀美の名と押印があるのだが――……。

（……どう見ても、出納帳と同じ筆跡だ！）

出納帳は前任の税理士が書いたと見て間違いない。ということは、前の税理士はこんなサインひとつ加賀美に書かせていなかったということか。

玲司の眉間《みけん》に深い皺《しわ》が寄る。口の中に、苦いものが広がった。

申告書は正式書類だ。その自署欄に他人がサインをするのは立派な犯罪にあたる。それを加賀美は知っているのだろうか。

玲司が乱暴にソファーの背に後ろ頭をつけて天井を仰いだとき、前触れもなく応接室の扉が開いて当の加賀美がひょっこりと顔を出した。

「資料はひと通り揃《そろ》ってたか？」

昼食を終えたはずなのにまだ濃紺の着物を着たままの加賀美が尋ねる。玲司は首を起こすと眼鏡をかけ、テーブルの上に置かれた申告書を指差した。

「……ここ、貴方《あなた》がサインすべき場所に前の税理士がサインをしているようですが」

うん？　と加賀美が室内に入ってくる。相変わらずはだけた胸元に左手を突っ込んだ加賀美は、片手で書類を取り上げて首を傾《かし》げた。

「あぁ、なんかこんなもんも、あったようななかったような……」

「税理士にサインを頼まれませんでしたか？」

「さて、頼まれたかもしれないな」

覚えてないが、と呟いて、加賀美は書類をテーブルに戻した。

「まぁ、面倒だからそういうのは全部爺さんに任せるって言っちまったかもしれないな」

首筋を掻《か》きながら、加賀美が気楽に笑う。まぁそういうこともあるよなぁと、当たり前のような顔をして。税理士に任せておけば安泰だろうと、無責任に思い込んだ顔で。

それだけならまだしも、加賀美はさらに言った。いっそ朗らかにすら見える笑みと共に。

「でも、それが税理士さんの仕事だろう？」

その一言で。

玲司の中で耐えていたものが決壊した。

「……大間違いですよ」

玲司の顔から血の気が引く。玲司は怒りで頭に血が上るタイプではない。逆にスゥッと血が下がり、見る間に顔が白くなる。

加賀美が不思議そうな顔で玲司を見下ろした。いっそ無邪気なその顔に、玲司はどうしようもなく苦々しい気分になる。何も知りません、税理士の先生にお任せしてました、とためらいもなく言い切る姿が想像できるその顔が、たまらなく腹立たしい。

気がついたら、もう声を張り上げて叫んでいた。

「面倒なことは税理士がなんでもかんでもやってくれると思ったら、大間違いですよ！」

片手を懐に突っ込んだまま首筋を掻いていた加賀美の指先が、ピタリと止まった。玲司の剣幕に驚いたらしい。何事か、と目を瞬《しばたた》かせて笑みも消える。

一方の玲司は後先考えずに怒鳴りつけて幾分すっきりしたものの、直後我に返って舌打ちする。今日は初日だから様子を見るつもりで大人しくしていようと思っていたのに、うっかり口を滑らせてしまった。

加賀美は玲司の傍らに立ち、きょとんとした目でこちらを見下ろしている。今からでも呼吸を整え言葉を改めようと思ったら、再び応接室の扉が開いた。

「社長ー? なんかデカイ声しましたけど?」

扉の向こうから煙草を嚙《か》んだ紺野《こんの》がヒョイと顔を覗かせる。その向こうにはアイス棒を咥《くわ》えた水木の姿が、さらに後ろに焼き鳥の串を爪楊枝《つまようじ》代わりにしているプロレスラー並みの体格の男――社員名簿を見たところ本田《ほんだ》というらしい――がいた。

玲司は呼吸を整えようと大きく吸い込んでいた息を一度止める。

時刻はただ今午後の二時。この会社はいったい何時まで昼休みなのか、と思ったら、なんだかまた沸々と怒りが込み上げてきた。

(こんな社員が半分遊んでいるような会社で、雇われ税理士だけが過労で倒れるまで酷使されるって……?)

玲司は止めていた息を細く細く、針の穴に通すように細く吐くと、鞄からまっさらな見積書を取り出した。

「ご依頼料についてお話ししましょう」

言いながら、胸ポケットからボールペンを取り出しさらさらと紙に走らせる。

加賀美と、その他従業員たちもなんとなくテーブルの周りに集まってくるのを目の端で捉《とら》え、玲司はそこに『月次訪問料』と書き込んだ。

「毎月私が御社を訪問し、試算表を提出いたします。その内容についてご説明させていただきますので、今後の経営の参考にしていただければ幸いです」

「あぁ、小難しい説明はいいよ。その……試算表か？　それだけあればいいだろう」

加賀美が小さく首を鳴らした。本当に興味がなさそうな口調で。

端《はな》から試算表など目も通さないつもりか、と奥歯を軽く噛んで、玲司は月次訪問料と書いた隣に金額を書き込む。

ごく、妥当な値段だ。加賀美も「前の爺さんと変わらないんだな」などと呟いている。

取り立てて加賀美と玲司の間に何事もなかったらしいと判断した他の社員は興味を失ったように部屋を出ていこうとして、それを引き止めるように玲司はさらにこう書き込んだ。

『原始証《げんししょう》　憑整理《ひょう》　五万円』

うん？　と加賀美が首をひねって見積書を覗き込む。つられて他の社員も再びテーブルに集まってきた。

その視線の中、玲司は端整な字でずらずらと項目を並べ立てた。

『仕訳作成　五万円』『データ入力　五万円』『給与計算　五万円』

「ちょ…っ…、なんだよそのぼったくり！」

まず声を上げたのは、薄い水色のアイスを口に含んでいた水木だ。水木は加賀美の浴衣の袖を引っ張ると、変声期途中のような声を荒らげた。

「社長！　前の爺さんはこんな金取らなかっただろ！」

そうだなぁ、と加賀美が指先で顎《あご》を撫でる。隣から、紺野も気だるく口を挟んできた。

「前の爺さんは仕訳やら給与の計算やらも含めて月次訪問って形で金取ってましたよね」

「しかも法外だって！　なんで月次訪問の料金よりオプション価格の方が高いんだよ！」

まぁなぁ、と加賀美が後ろ頭を掻く。不穏な空気を感じたらしく、本田がその大きな体で応接室の入口を塞いだ。

この状況で、何か言い分があるなら言ってみろ、とばかり従業員たちに見下ろされ、玲司は眼鏡の向こうでゆっくりとした瞬きをした。

「前の税理士がどんな料金設定をしていたかは知りませんが」

玲司の声に震えはない。口調は至って淡々として、態度も落ち着いたものだ。

ただ、そのこめかみに激情を堪《こら》える震えが走っていることに気づいた者がいたかどうか。

ヤクザの組の息がかかった事務所の一室に押し込められ、こうして従業員に囲まれながらも、玲司は堂々とした声で言い放った。

「私のやり方は違います。私の仕事は各会社が提示する資料を元に試算表を作成し、その内容について説明とご助言を申し上げるだけです。それ以外の仕事をご依頼されるなら、当然別途料金をいただきます」

「な…っ…んだよそれ！」

それまでなんとか口を噤《つぐ》んでいた水木が、耐えきれなくなったように身を屈《かが》めてテーブルに掌を叩きつけた。もう一方の手で、まだアイスの残る棒を握り締めたまま。

「アンタここがどういう会社だかわかってんの⁉　バックには北川組がついてんだぞ！」

「こーら、水木」

加賀美が水木をたしなめる。だがその声音には苦笑が混ざっていて、本気で止める気配はない。それを感じてか、水木は一向に語気を緩めず玲司に食ってかかってきた。

「どうなんだよ、言ってみろ！　うちにたかるつもりかよ！」

「別途料金のお支払いは嫌ですか」

水木の怒声にこれっぽっちも怯む素振りを見せず、玲司は真《ま》っ直《す》ぐ相手を見据えて問い返す。声は硬質で体温がなく、それまで怒声を上げていた水木の方がわずかにたじろいだ様子を見せた。けれどそれも一瞬で、水木はすぐ細身に似合わず腹の底から響く声を放った。

「ったりまえだ！」

「では、指導して差し上げましょう」

はっ？　と水木が顔を顰《しか》める。その顔に、玲司は真顔で言葉を重ねた。

「税理士に最低限の仕事だけ頼めば済むよう、無料で指導して差し上げます。証憑をきっちり管理して、仕訳の方法さえ覚えてしまえば、あとはパソコンのソフトが全部処理してくれますからさして難しいことでもありません」

いかがでしょう、と締めくくると、水木はしばらく何か言い返そうと口元をもぐもぐ動かしていたが、最後はうろたえたような顔で加賀美を振り返ってしまった。

「社長！　こいつ何言ってるのかよくわかんないんだけど！」

玲司も水木の視線を追って加賀美を見遣る。

社長である加賀美はこの場をどう取り仕切るか。場合によっては自分の身に危険が迫る。

（……前回、成井組ではガラスの灰皿が飛んできた）

今回は何が飛んでくるだろう、と玲司は視線を上げ――――予想外の光景に目を見張った。

加賀美は緩く腕を組んで、面白そうに笑っていたからだ。

玲司も、水木さえも加賀美の反応に目を丸くする。そんな二人の前で、加賀美は上機嫌で口を開いた。

「やっぱりアンタ、こっちの人間だろう。その腹の据わり方と啖呵《たんか》の切り方はとても素人《しろうと》とは思えない」

格好いいねぇ、と喉の奥で笑う加賀美に、水木は不満気な声を上げた。

「なんでそこ褒《ほ》めるんだよ！　おかしいだろこんなの！」

「いや、いいんじゃないか？」

「じゃあこんな馬鹿みたいな別途料金払うってのかよ？」

「まさか、それは御免蒙る《ごめんこうむ》」

だったら、と言い募ろうとする水木の肩を、ポン、と加賀美が叩いた。

「せっかくタダで教えてくれるっていうんだから、教わったらいいだろう」

え、と水木が口を半開きにする。その顔を覗き込んで、加賀美はいっそ優しいくらいの眼差《まなざ》しを水木に注ぎ、明言した。

「今日からお前が、経理部長だ」

水木が目を見開く。その横顔に愕然《がくぜん》とした表情が浮かんで、次の瞬間、水木は弾《はじ》かれたように加賀美の手を振り払った。

「なっ……んだよそれ！　なんで俺がそんな面倒なこと！」

「まぁまぁ、何か面白そうだからいいだろう。何事も経験だ」

「理由になってねぇし面白くもなさそうだし！　だったら社長がやればいいだろ！」

「いえ、加賀美さんには別のことをしていただきます」

二人の会話の合間に、玲司がするりと言葉を滑り込ませる。こちらを向いた二人に向かって、玲司は前任の税理士が作った試算表を突きつけて見せた。

「加賀美さんにはこの会社の経営者として、経営の勉強をしていただきます。まずはこれを読めるようになってください。一からきちんとご説明しますので」

直線で幾つも区切られたセルの中に数字と見慣れない単語が並ぶそれを突きつけられ、加賀美が小さく目を瞬かせる。それを見て、それまで漫然と成り行きを見守っていた紺野が、煙草を嚙みながら「ご愁傷様～」と気のない声を上げた。

その声尻を捕まえて、貴方もですよ、と玲司は紺野を一瞥《いちべつ》した。

「今後は伝票もきっちり管理いたします。私用と判断したものについては経費が下りませんので、そのつもりで」

紺野と、未《いま》だに応接室の入口を塞ぐように立っていた本田が同時に眉根を寄せた。恐らく、ビールと煙草を経費で買っていたのはこの二人だったのだろう。

「社長、本気でこんな税理士雇うつもりですか？」

一転して表情を厳しくした紺野が加賀美を振り返る。他の従業員たちの目も集まって、貸借対照表を見下ろしていた加賀美は視線を下げたまま、うっすらと口元に笑みを浮かべた。

「あぁ、雇う」

えぇっ！　と悲鳴のような声が上がる。水木と紺野と本田がそれぞれのタイミングと長さで吐いたそれは予想外に大きく部屋に響き、加賀美は口元の笑みをいっそう深くした。

「どこまで頑張れるもんだか、ちょっと興味がある」

その言葉に、玲司は微《かす》かに眉根を寄せた。頑張るのはこの会社の社員なのか、それとも玲司なのか。加賀美がどちらの意味で言ったのか、よくわからなかったからだ。

けれど一応はこの会社の社長が雇うと言ったのだから、もはや玲司に迷いはない。立ち上がると、一直線に加賀美を見て告げた。

「とりあえず、金庫を見せてください。現金の確認をします」

加賀美が笑う。唇の端を歪《ゆが》めるようにして。からかうような視線は居心地《いごこち》が悪い。けれど玲司は目を逸らさない。促すでもなく唇を真一文字に結んで加賀美を見上げると、加賀美は肩を竦《すく》めて玲司に背を向けた。

「金庫は三階だ。俺の私室に置いてある」

そのまま応接室を出る加賀美の後ろを玲司も無言でついていく。

水木はまだ何か言いた気だったが結局口を噤み、紺野も本田も顔を見合わせただけで、どうやら玲司を雇用するという加賀美の決定が覆ることはなさそうだった。


三階へ至る階段を上ると、二階と同様左手に廊下が伸びていた。だが、二階が階段を上ってすぐ事務所の入口があったのに対して、三階は廊下の突き当たりに扉がある。

加賀美の後をついて扉を潜った玲司はわずかに目を見張った。二階の応接室を出るとき、三階を自分の私室だと加賀美は言ったが、玲司はせいぜい個人の仕事部屋でもあるのだと思っていた。だが扉の向こうに現れたのは仕事場ではなく、完璧《かんぺき》な居室空間だった。

部屋を入ってすぐ右手がキッチン。奥がダイニング。ダイニングには丸テーブルと椅子《いす》が一脚、壁際にブラウン管のテレビが一台、部屋の奥に小型の金庫が置いてあるだけで、なまじ広い分随分がらんとした印象だ。

正面と左手には隣室へ続く扉が二つある。正面の扉は半分開いていて、どうやら脱衣所へ繋《つな》がっているようだ。となると、テレビの横にある扉の向こうは寝室か。

（……会社の最上階に寝泊まりしているわけか）

どうりで社員に叩き起こされるわけだ。いや、だからって来客の予定があるのに直前まで眠っていていい理由にはちっともならないのだが。

先に部屋へ入った加賀美は、金庫の前に屈み込んでキリキリとダイヤルを回している。

「はいよ先生、お確かめください」

金庫の扉を開けた加賀美が玲司を振り返る。部屋の入口で靴を脱いだ玲司は、すれ違いざま小さく加賀美を睨《にら》んだ。

「……先生は結構、と、先程申し上げたはずですが」

「あぁ、生徒になる覚悟がなかったら、だろ？」

金庫から一歩離れ、窓際の壁に背を凭《もた》せかけて加賀美は腕を組む。

「でも今日からうちの従業員は全部アンタの生徒だ。よろしくご指導頼むよ、先生」

玲司は金庫の中を確認しながら、一瞬だけ加賀美に視線を送った。

「貴方も、ですか？」

「もちろん。あの、なんだ……なんとか表の見方、教えてくれるんだろ？」

見上げた加賀美はなんだか本当に楽しそうに笑っている。玲司はその表情を額面通りに受け取っていいのかわからず、小さく視線を揺らしてから再び加賀美に横顔を向けた。

「……試算表、ですか」

それ、と加賀美が笑みを深くするのが、声を聞いているだけでわかった。

玲司には自分より年下の男を気楽に先生などと呼ぶ加賀美の気が知れない。社員名簿で確認したら、加賀美は今年で三十六。玲司より七つも年上だ。

（先生……ね）

いったいどこまで本気なのか。加賀美の笑みはその下にある感情をやんわりと包み込んで玲司に見せない。判断がつかない。

わからないから目の前の仕事をこなすことに集中した。金庫に残った現金の金額を確認し、胸ポケットから取り出したメモ帳にそれを書き込んでいると、ふいに加賀美が呟いた。

「それにしても、アンタも変わった人だな」

斜め上を見上げると、加賀美はやっぱり窓際で腕を組んでこちらを見ていた。薄く窓が開いていて、紺色の着物の向こうで薄いカーテンがふわりと揺れる。

「なんだってそんなに他人のためにむきになるんだ？　しかも、ヤクザ相手に」

加賀美は笑みを浮かべて玲司を見下ろしているのに、どうしてか答えを拒めない重圧感を感じて玲司は目を眇める。脅されているわけでもないのに、無意識に答えを探していた。

「……自分の手を煩わされたくないだけです。各会社が、自身のできるところまで処理をこなした方が私の仕事が減りますから」

「嘘《うそ》つけ。経理のいろはもわからないヤクザ者に逐一処理を教えるより、自分でやった方が格段に早いし、楽だろう」

玲司はとっさにそれに反論できない。確かに、ずぶの素人に経理処理を教えるのは相当に骨が折れる。仕事を覚えさせたところで、出来上がった資料を最初はすべて玲司が見直さなければならないのだから手間は二倍だ。

加賀美はちゃんと、それをわかっている。

けれど玲司はそれに答えなかった。己の行動規範を他人に語ったところで理解されるとも思えない。ふいと加賀美から目を逸らすと、頭上で加賀美が溜め息《たいき》に似た笑声を吐いた。

「アンタ、他の会社でもそんな調子なのか？　もしかするとうち以外にもヤクザ絡みの仕事を引き受けてるんだろう？　成井組系列も？」

「さぁ……どうでしょう。守秘義務があるので、お答えしかねます」

バタン、と金庫の重い扉を閉め、玲司は加賀美の言葉を冷たく切り捨てた。けれど加賀美は引き下がらない。それどころかますます楽しそうに、身を折って玲司の顔を覗き込んでくる。

「そうやって他の会社の奴らもぺしゃんこにしてやるのか。でも皆が皆大人しく引き下がるわけじゃないだろう？　力尽くで口を割られそうになったことはないのか？」

玲司は手の中のメモ帳を両手に挟むようにして閉じる。パン、と小気味のいい音がして、玲司は感情を抑えた声音で答えた。

「そこまでして熱心に他社の動向を探ろうとする会社は稀《まれ》です。特にそういう暴力に訴えるような方々は、自社にも他社にも興味がないものですよ。貴方と一緒で」

皆同じだ、と玲司は思う。

この界隈《かいわい》のヤクザは、会社の経営なんてどうでもいいと思っている。ずさんな処理をしていても金が回る。正規のルートから外れた汚れた金が懐に転がり込んでくるのを笑って見ている。だからあんなにも、経理に対しての意識が薄い。加賀美のように、書類のサインひとつまともに書かない社長が出てくるほど。

その裏で、手を汚しているのは一部の税理士だ。

それだけ言って玲司が口を噤んでしまうと、加賀美がほんの少し表情を変えた。唇に笑みを残したまま、けれど瞳は何かを観察するような、冷徹な光を放ち始める。

「……どうもね、俺たちを見るアンタの目には、悪意を感じる。や、殺意かな」

首をひねって、加賀美はわずかに玲司に顔を寄せた。

「そのわりには、タダで経理の仕事を教えてやろうなんてお人好《ひとよ》しなことも言い出すし……。

アンタやっぱり、変な人だよ」

玲司は加賀美を睨みつける。近づいてきた体を視線で跳ね飛ばそうとするように。けれど視線くらいでは大きな体はビクともせず、加賀美は薄茶色の瞳をひっそりと細めて笑った。窓からの日差しで、髪の先に光の粒子が滴る。

「怒るな。俺はアンタのことが気に入ったんだ」

加賀美の端整な顔がさらに近づいてくる。背の高い男が上から覆いかぶさってくるようで、さすがの玲司も後ずさりしてしまいそうになった。なんとか踏みとどまると、フッと部屋に落ちる日が翳った。太陽が薄雲に隠れたようだ。元から電気をつけていなかった部屋が唐突な薄暗がりに引きずり込まれる。

加賀美の背後でカーテンが揺れて、その懐でするりと何かが動いた。

玲司の瞳はいっぺんにそちらに引き寄せられる。なんだ、と思ったら、それは加賀美の左手だ。

そこで玲司は初めて、顔を合わせてからというものずっと加賀美が左手を懐に入れたままにしていたことに気がついた。腕を組むときも常に右腕が上で左腕は隠されていた気がする。

その左腕がゆるりと動いて、玲司は思わず目を見開く。

(——……蛇?)

加賀美の胸元で、白い蛇がのたうつ、錯覚。よくよく見ればそれは加賀美の腕で、加賀美は左腕の肘《ひじ》から手首にかけて刺青《いれずみ》を彫っていた。

肌に這《は》う白い鱗《うろこ》。蛇……ではなく、龍だろうか。それに目を奪われて、うっかりその手がどこへ向かうのか気づくのが遅れた。

加賀美は腕を伸ばすと、無防備な玲司の頬に左手の甲をひたりと当てた。

玲司は小さく息を飲む。ずっと懐に入れていたというのに、加賀美の手は驚くほど冷たい。本当に、蛇でも頬に当てられた気分で反射的に硬直する。

見開かれた玲司の瞳を見詰め、加賀美は静かに目を細めた。薄い唇が左右に引き伸ばされ、その瞬間、凄絶《せいぜつ》なほど美しい生き物が目の前に現れる。

「せいぜいうちを、変えてみせてくれ――……」

風が吹いて、加賀美の後ろで白いカーテンが舞い上がった。加賀美の細い前髪も揺れ動いて、白木を丁寧に彫り込んで作られた人形のように端整な顔が露わになる。

薄暗い部屋の中、その光景を見た玲司はとっさに、龍だ、と思った。

天に昇る、美しい生き物。加賀美の左腕から人の皮膚が割れて、真っ白な龍に姿を変えてしまうような。

一瞬だがやけに濃密にそんな現実離れしたことを考えてしまったのは、加賀美の腕に彫られた白い鱗があまりに鮮明だったからか、それともその手の冷たさに動揺したからか、あるいは改めて正面から見た加賀美の顔が空恐ろしいほど整っていたせいかもしれない。

するりと頬を撫でた手を振り払うのも忘れ、カーテン越しに射し込む灰色の光の中で遠ざかる白い鱗を視線で追っていたら、その静寂を打ち破るかのように窓の向こうでガラスの割れる大きな音がした。

俄《にわ》かに玲司が我に返る。加賀美もゆっくりと手を引いて、再び着物の脇から懐に左腕を戻した。次いで、階下から水木たちが何事が喚《わめ》いている声が響いてきた。

「一階でまた何かあったかな」

言うなり加賀美が踵《きびす》を返す。玲司も慌ててその後を追い、やってきたのは一階だ。

全面ガラス張りの店内をザッと見ると、道路に一番近いガラスに亀裂《きれつ》が走っていた。そこには水木たち事務所にいた三名が集まっていて、カウンターには最初に玲司を出迎えてくれた榎田が静かに端座していた。

「……何があった？　榎田さん」

カウンターを抜けながら加賀美が静かに尋ねる。榎田は椅子から立つこともなく、ただ真正面を見詰めて答えた。

「外から誰《だれ》かが石を投げつけました」

「誰かって……また成井組の奴らだろ⁉」

榎田の言葉を聞きつけて、水木が語気も荒く振り返る。その言葉に、玲司は表情にこそ出さなかったものの大きな違和感を覚え、視線を揺らめかせた。

だってこの界隈では成井組と北川組が勢力の均衡を保っていて、いさかいなど滅多に起こらないはずなのに……？

そんなことを思って玲司がまだカウンターから出られずにいると、水木がズカズカと大股で榎田の側《そば》までやってきた。

「榎田さん！　どうしてアンタいつもあいつらに石投げ込まれても黙って見てるんだよ！　一回くらい追いかけるとか、せめて俺たちを呼ぶとかしたらいいだろ！」

バン！　と勢いよく水木がカウンターを叩く。けれど榎田は動じない。きっちりと固められた彼の前髪のように微動だにせず、榎田は正面を見て言った。

「私の仕事はここに座って、お店にいらしたお客様の対応をすることですから」

榎田の視線は真っ直ぐなのに、どこか正面に立つ水木をすり抜けているように見えた。

榎田は背中を伸ばしたまま、至極当然のように言い放った。

「店の扉を潜らない方は、お客様ではないので対応できません」

あまりに頑《かたく》なすぎる榎田の言い種《ぐさ》に玲司は目を瞬かせたが、ここではいつものことなのか、水木は歯がゆそうにカウンターを蹴っただけで、加賀美も慣れた様子でそんなやり取りを笑って見ていた。

ひび割れたガラスの前では相変わらず物憂げな紺野が割れた破片を靴の先で蹴り、本田が大きな体に似合わない細やかさで床のガラスを箒《ほうき》で集めている。

店の入口の向こう側、右に左に顔を向ける歪《いびつ》な車のアーチを抜けた先では、電車がのどかな車輪の音を響かせ、南へ向かって走り抜けていったところだった。

北川組と成井組。そのふたつの組織の歴史は古い。

どちらも戦後間もない頃結成され、当初は戦後の混乱期に機関が麻痺《まひ》してしまった警察の代わりに自警団のようなことをしていたらしい。まだ任侠という言葉がまかり通った時代、多少の小競り合いはあったものの基本的に両者は良好な関係を築いていたそうだ。

その均衡が崩れたのは二十年前。

成井の先代組長が亡くなり、新しい組長が就任して事態は一変した。

成井の新しい組長は、先代のやり方を手ぬるいと一蹴《いっしゅう》。積極的に勢力の拡大を画策し、互いのシマの境界線上ではひっきりなしにいざこざが起こるようになっていた。

そしてある冬の寒い日、その事件は起こった。

組長の外出を見送るため北川組の構成員がずらりと門の前に並ぶ中に、一台のバイクが突っ込んできた。バイクに乗った男は銃を持っており車上から発砲。明らかに、北川組の組長を狙《ねら》った凶行だった。

組長は一命を取りとめたものの、その事件で北川の構成員一名が死亡、数名が重軽傷を負っている。

バイクの男はその場で取り押さえられ、凶行は成井の指示によるものだと判明。あわや大規模な抗争が勃発《ぼっぱつ》かというとき、その場に割って入ったのが清和会《せいわ》だった。

清和会は北川と成井の治める県の隣県含め、三県を股にかける大型暴力団だ。

成井と北川が抗争を始めれば、自分のシマの周りを警察が出入りすることになる。それを嫌った清和会は両組の和解を提案。今回は完全に成井に非があるとして、成井の持つ土地の一部を北川に譲ることで一件を落着させた。

両者共互いに言い分はあっただろうし、この処遇で万事が丸く収まったとも思えないが、清和に圧力をかけられてしまえば大人しく引き下がるしかなかったのだろう。所詮《しょせん》、北川、成井共に、清和会とでは規模が違いすぎる。

結果、両者はこの街を南北に走る線路を境に、西側を北川、東側を成井が治めることになり、ふたつの組織は決して互いの土地に介入しないという不可侵条約を結ぶに至った。今なおその効力は有効だ。

だからこそ、玲司は北川に属するミラー中古車店に石が投げ込まれたことが腑《ふ》に落ちない。ミラー中古車店の前を走る線路はまさに北川と成井の境界線で、この店が北川に組しているのは明白だ。不可侵条約を破って投石するなど、間に入った清和に歯向かう自殺行為に他ならないのに。

ならばいったい誰が、どうして――。

考えたところで答えが出るはずもなく、玲司にわかったことといえば、ミラー中古車店は自分が思っていた以上に不穏で不可思議な場所だということだけだった。

◆◇◆

（私用、私用……これも私用だ）

夜の十時も過ぎた加藤会計事務所。広いオフィスでパソコンがついているのは玲司のデスクだけだ。

季節は六月。四月に決算を迎えた法人の確定申告は先月無事に終了し、事務所内は嵐《あらし》が過ぎた直後のようにひっそりと静まり返っている。一部の企業では株主総会の関係で申告期間延長申請が出ているが、それも五月に比べれば大した量ではない。七月に路線価が発表されるまで、事務所は束の間の静けさに包まれる。

そんな中、玲司だけが一心不乱に伝票を手繰り、ノートをバサバサとひっくり返して、鬼の速さで電卓を叩いていた。

原因はミラー中古車店だ。五月の頭に第一回の訪問を終え、二週間後の五月半ば、玲司は再び店を訪れた。

初回で一応は最低限やるべきことを従業員に教えたつもりだったのだが――それも伝票は

きちんと保管するとか、支出をすべて書きとめるとか、さほど難しくもないことばかりだと思ったのだが——資料を回収しに行ってみたら、やはりというか当然というか、前回訪れたときからほとんど状況は変わっていなかった。

金銭出納帳と伝票をつけ合せていくと、伝票のないもの、逆に伝票はあるのに記帳されていないものが出てくる他、まだ公私混同した支出も多く含まれていて、それを発見するたびに玲司は眉間に深い皺を寄せて伝票を弾いている。その上加賀美は相変わらず会社の口座と個人の口座を一緒くたにしていて、いったいなんの入出金なのか不明な部分は山ほどあった。

(……勘定科目の一覧表も必要だな)

以前、石を投げつけられて割れたガラスの取り替えに当てられた出費が『消耗品費』となっている。水木の字だろうか。書き殴ったような大きくて筆圧の高いその字に横線を引き、隣に『修繕費』と書き添える。

一応は加賀美が指導をしてくれているらしく、水木を中心に経理的なことを始めようとしていることは、なんとなくわかる。わかるがいかんせん粗が多すぎる。

(これはしばらく、月に二回は訪問していかないとダメだな)

月次訪問は本来月に一度会社を訪れるものだが、この店に限ってはそうも言っていられないようだ。一ヶ月も間を空けてしまったら、用途不明の出金が増えて収拾がつかなくなる。

溜め息をついて、玲司は眼鏡を外す。ずっと資料とパソコンを交互に見ていたせいで疲れた目を休ませようと、上向いて目を閉じた。

「お、まだ残ってんのか？」

ゴキ、と首の後ろが鳴るのと同時に、所長の加藤が事務所に顔を出した。

今から帰るところなのだろう。玲司がまだジャケットとネクタイ着用なのに対し、加藤はすでにワイシャツの胸ボタンを三つほど外し、後ろに撫でつけた髪も額に落ちかけていた。四十代も半ばに差しかかろうというのにまだ若々しく精悍《せいかん》な顔をした加藤は、玲司を見て日に焼けた額に皺を寄せた。

「あんまり根詰めるなよ。ケアレスミスなんぞ出したら殴り飛ばすからな」

わかってますよ、と玲司は肩を竦める。

加藤の物言いは乱暴だ。下手なフロント企業の従業員の方が加藤よりよほど丁寧な物腰で接してくれることすらある。そんなことを思っていたら、後ろからヒョイと加藤が玲司のデスクを覗き込んできた。

「なんだ、またボランティアしてんのか」

玲司の机の上に散乱しているのは明らかに素人が書き散らかした伝票に帳簿。それを見て、加藤は一発で玲司が今どういう状況にいるかわかったらしい。

加藤は玲司が客先でどんなふうに従業員と関わっているのか知っている。玲司が相手から頼まれもしないのに経理業務の指導をしてしまうのは今に始まったことではない。

加藤は玲司が何か言い返すより先にひょいと請求書をつまみ上げ、太い眉を互い違いに上げてみせた。

「ミラー中古車店……つったら最近依頼があったばかりのところじゃねぇか。今回はまた馬鹿に指導が入るのが早いな」

揶揄《やゆ》の混じった声音と共に、加藤は請求書をピン、と指で弾いてデスクに落とす。

玲司は無言のまま、ひらりと資料の山に降ってくる請求書を目で追った。

加藤に指摘されるまでもなく、今回は自分がイレギュラーな動きをしている自覚はあった。これまでは自社の経理処理を勧めるにしても、ある程度の期間は依頼された仕事をこなし、いくらか話を切り出しやすい状況を作ってから提案することがほとんどだったのだが。

今回は前任の税理士が過労で倒れたなんて知ってしまったからか、それでもなお加賀美が金勘定は税理士の仕事と当たり前に笑ったせいか。

自分が先走った行動に出た正確な理由は、玲司にもよくわからなかった。

そのまま玲司が黙り込んでしまうと、加藤は小さく肩を竦めて自分のデスクに向かった。途中、実にどうでもよさそうな声で尋ねてくる。

「どうせまた別途料金も取ってないんだろ？　それなのにこんな時間まで会社に残って、ご苦労なこった」

「……すみません」

所長に報告もなく自分の勝手な判断で不要な仕事を持ち込んでいることに対し、さすがに玲司が謝辞を口にすると、加藤は肩越しに玲司を振り返って鼻から息を吐いた。

「別に、残業代出してやってるわけじゃないしな。自分でフォローできる範囲なら何やったって構わねえよ。その代わり、他の仕事に支障きたすんじゃねえぞ」

基本的に加藤会計事務所では、各クライアントに対し担当の税理士が個人の判断で依頼を処理することがほとんどだ。

スケジュールや相手先への対応方法は各自決めて行っており、受け持った仕事さえ滞りなくこなしていれば、加藤は大概のことに目を瞑《つぶ》る。だからこそ、不要な仕事を背負い込む玲司にも加藤は何も言わない。

けれどそれは黙認されているだけで、歓迎されているわけではない。

「まぁ、ヤクザ相手ってことだけは忘れんなよ。それから、自分が余計なことしてるってこともな」

パソコンの電源を落としながら淡々と呟いて、加藤は事務所から出ていった。

足音が遠ざかり、静まり返った室内で玲司はひっそりとした溜め息をつく。

知っている。わかっている。加藤に言われるまでもなく、自分は誰にも望まれないことをやっている。

酷使しすぎた目がかすみ、パソコンの画面が急に遠ざかる。玲司は一度強く目を閉じて、大きく息を吸い込んだ。

（……わかってる。こんなものはただの自己満足だ）

誰にも望まれないことを強行して、自分はいったいどうしたいのか。

長くたわめたまま固まっていた背中がバキバキと鳴って、玲司は胸中を過《よ》ぎった疑問から目を逸らすように再び机上の資料と向かい合った。

◆◇◆

「もーヤダ！　もうやりたくねぇ！　貸方と借方なんて永遠に合わねぇよ！」

ミラー中古車店の事務所二階に苛立《いらだ》った声が響き渡る。まだ少年の域を脱しない、それは水木のものだ。

六月の半ば、季節は梅雨《つゆ》の時期に入り、窓の向こうでは今にも雨が降り出しそうだ。

今日の事務所には水木と紺野、それから榎田がいる。従業員がてんでばらばらに休憩時間をとるこの会社にあって、榎田だけはきっちりと三時から十五分間休憩をとる。今もゆっくりと緑茶を啜《すす》るその隣の席では、水木が焦れたように足を揺すっていた。

玲司は相変わらず黒いスーツに紺のネクタイを締め、闇《やみ》を纏うような出で立ちで水木の傍らに立って指先で眼鏡を押し上げる。

「合いますよ。どこか書き間違えたか、振り分け方を間違えたんでしょう。差額から推測すればすぐにわかるのでは？」

「わからねぇって！　てゆかなんでこんな面倒臭いこと俺がしなくちゃいけないんだよ！」

水木は家庭教師よろしく側に立って自分のデスクを覗き込んでくる玲司に声を荒らげる。それを瞬きひとつで軽くかわして、玲司は貸借対照表の一点に指を伸ばした。

「ここが間違ってます。売掛金を小切手で回収したのに、貸方を売上として計上している」

「は、売上だろ？　だって金が入ってきたじゃねぇか」

「ここは売上ではなく、売掛金です。売掛金が戻ってきたと解釈してください。それから、小切手は現金扱いになります。勘定科目も書き換えましょう」

水木が玲司を見上げる。真っ直ぐな瞳は澄み切っているようにすら見える。その目で玲司を見詰めると、水木は唇を戦慄《わなな》かせて叫んだ。

「わかるかよ、そんなもん！」

ふざけんな！　と悪態をついて、水木は椅子に座ったまま力一杯机を蹴った。

「こら水木、コーヒーがこぼれる」

向かいに座る紺野がパソコンの画面から目を逸らさないまま呟く。仕事をしているのか競馬情報を見ているのか知らないが、我関せずといった風情の紺野に水木が食ってかかろうとする。が、それより先に声を出したのは玲司だ。

「ところで紺野さん、この領収書はどういう経緯で?」

水木の机の上から領収書のまとめられたファイルを取り上げ、玲司がそれを紺野の方に向ける。紺野はちらりと横目でそれを見て、すぐにパソコンへ視線を戻した。

「接待ですよ、お得意さんと夜の打ち合わせ」

「夜の打ち合わせでキャバクラですか。豪気なものですね」

「キャバクラじゃなくてちょっと値の張る居酒屋ですって」

「そうですか。私もこの業界は長いので、領収書の体裁を見ればたいていどこの店か見当がつくのですが」

紺野が再び顔を上げる。今度は瞳に剣呑《けんのん》な光が見え隠れしていた。それにまったく取り合わず、玲司はファイルに視線を落とす。

「店長とも何度かお話しさせていただいてます。問い合わせればすぐに事実は明るみに出ますが」

ファイルから領収書を抜き取り、玲司はそれを紺野の鼻面に翳《かざ》してみせた。

「本当に接待ですか? 私用で行ったのではなく?」

紺野が玲司を睨みつける。けれど玲司は怯まない。眼鏡の奥から紺野以上に冷徹な目で見返すと、紺野は舌打ちして玲司の手から請求書をひったくった。

「いちいち細かい奴だな」

「お金の問題ですから、当然です」

「使わなけりゃあボッタクリみたいな税金取られちまうだろうが」

「だからと言って会社のお金を私用に使っていい理由にはなりませんね」

紺野が忌々しそうに鼻を鳴らす。その横顔に、玲司は溜め息を押し殺した。

玲司がこの会社を受け持つようになってから一ヵ月半。会社訪問は三回目だ。

玲司が厳しく目を光らせているからビールを買ったコンビニのレシートまで経費にしようということは少なくなったが、それでもまだ請求書の管理はずさんだ。水木も悪態をつきながら予想外に頑張ってくれているものの、まだ経理を任せるには程遠い。

一番の問題は、この中古車店がそこそこ利益を出していることかもしれない。

この不景気なご時世に、まっとうに仕事に取り組んでいるようにも見えないのに、ミラー中古車店は毎月黒字を叩き出している。適当にやっていて飢えない程度の給料がきちんと従業員全員に出てしまうのだ。

これまでも問題なかったのにどうして今さらこんな面倒なことを、という思いが従業員たちの根底にはあるようで、これを必死にさせるのにはなかなか根気と時間がかかりそうだ。

玲司は腕を組んで水木と紺野を見下ろす。

「お金を使うなら会社の利益向上のために使ってください。大体、車の仕入れにもお金がかかるでしょう」

紺野が何か言いかける。だが、それを遮って答えたのは、榎田だ。

「お金はかかりません。ここにある車は、ほとんど北川組から流れてくるものですから」

「ちょ…っ…榎田さん！」

「二束三文です。タダ同然だ」

水木が慌てたように隣に座る榎田の肘を小突く。

玲司は眉根を寄せて榎田の傍らに移動した。

「……どういうことです。なぜ北川組から流れてくる車がタダ同然なんです？」

「事故車や借金のかたに押収したものばかりですから。それからたまに、盗難車も」

「榎田さんてば！　なんで言っちゃうんだよ！」

水木が堪えきれなくなったようにグイッと榎田のワイシャツの脇を引っ張った。わずかに体を斜めにした榎田は、水木を振り返ってなんでもないことのように言う。

「訊《き》かれたので、答えたまでです」

「だからって……！」

「この場所には、澱んだ空気と金が溜まる」

本当のことでしょう、と榎田が呟いて、緑茶を啜る音が室内に響いた。

妙に静かになってしまった室内で、玲司は視線を巡らせる。

（……この店は、北川組が早く手放したい車を処理する場所か）

タダ同然で仕入れた車をそれなりの値段で売りさばけば当然利益は出るだろう。何かと曰《いわ》くの多い店のようだと玲司が目を眇めると、事務所のドアがガチャリと開いた。

「あれ、今日は随分静かにやってるな？」

その場にいた全員が扉を振り向く。現れたのは、加賀美だ。

今日の加賀美は薄墨色の布地に白く穂の流れる着物を着ている。

張り詰めた玲司の肩から、いっぺんに力が抜けた。玲司は未だに、この男の洋装というものを見たことがない。たいていは寝巻きの浴衣か、よくても着崩した着物姿だ。

相変わらず胸元を緩く開け、左手を着物の脇から懐に突っ込んだ加賀美はゆったりとした足取りで水木の側まで来ると、デスクの上を覗き込んで相好を崩した。

「なんだか難しそうなことやってるなぁ。仕事ははかどってるか？　経理部長」

「よしてくれよその肩書き！　おかげで俺ばっかりアイツに絡まれてんだからな！」

「俺だって絡まれてる」

加賀美に不満を訴える水木の前で、紺野も仏頂面で煙草を口に咥える。

加賀美は苦笑を口の端に浮かべて水木の小さな頭を撫でた。

「まぁそうカリカリするな。紺野、煙草吸うなら下。それにそろそろ取り立ての時間だぞ」

煙草に火をつけかけた紺野が言われて初めて気づいたように腕時計に目を落とす。

「早めに行って終わらせてこい。本田にも声かけろよ」

煙草を咥えたまま、はいよ、と紺野が立ち上がる。本田は一階で榎田の代わりに受付にいるはずだ。それを見た榎田が立ち上がろうとして、加賀美がそれを手で制した。

「いいよ、まだ三時休み終わってないだろう。どうせ紺野が一服してから出発だ。榎田さんも時間一杯まで休憩してるといい」

頷いて榎田が椅子に座り直す。紺野は肩を回しながら事務所を出ていく。水木は諦《あきら》めたように溜め息をついて加賀美にコーヒーを淹《い》れるため席を立った。

こういうとき、玲司はなんとも言葉にするのは難しい気分に陥る。

加賀美はまともにスーツも着られない男で、経営だって決して熱心なわけではない。それでもそこそこの売上を毎月確保し、一癖も二癖もある従業員を大らかにまとめ上げてしまうこの男を、従業員たちは皆慕っている。口にしなくても、態度でそれがわかる。

加賀美がいると、その場に連帯感のようなものが生まれ、会社が回り始める気がするのが不思議だった。

（……ヤクザのくせに）

胸中で呟いたら、加賀美がふいに玲司の方を向いた。

「先生も、来てたんなら呼んでくれればよかったのに」

加賀美の呼びかけに、玲司は細い眉を跳ね上げた。何度玲司が「先生は結構です」と言っても、加賀美はその呼称を改めない。「だって俺たちはアンタの生徒だろう？」と、悪びれもせず言って取り合わないのだ。

半ば諦め、玲司は加賀美から視線を外した。

「貴方とお話しするのは月初めに試算表が出てからです。今日は途中経過の確認に来ただけですから」

「なんだ、俺は月にいっぺんしか構ってもらえないのか」

「構うとはどういう言い種ですか、遊びにきてるんじゃないんですよ」

思わず玲司が外しかけた視線を加賀美に戻すと、加賀美はそれを待っていたように唇に浮かべた笑みを深くした。玲司の視線を捕まえるのが楽しくて仕方がないとでもいうように。

加賀美が来ると途端に自分のペースを崩してしまう玲司は、それを自覚しているがゆえにますます身の振り方がわからなくなって、意識的に口調を鋭いものに変えた。

「それよりも、今月も用途不明の入出金が多数見受けられましたが」

「あれ、まだそんなもんあったか。アンタに言われて極力記録をつけてたつもりなんだが」

「月初めにまとまったお金が入っていますが、これは？」

月初め、月初め、と加賀美が繰り返していると、水木がコーヒーを持って戻ってきた。それを受け取って口をつけ、あぁ、と加賀美は短く声を上げる。

「北川組からかな。紺野と本田がバイトやってるもんだから」

バイト？　と玲司が繰り返すと、そう、と加賀美はコーヒーを啜った。

「今も出ていっただろ。あいつら北川から依頼受けて、時々借金の取り立てなんかにも行ってるんだ。あの強面で凄《すご》むとすぐ返ってくる」

「……そういう依頼はたびたびくるんですか。それに対する報酬も出る、と？」

「そうだな、月に一度くらいか。依頼があって、翌月に金が振り込まれる」

「その報酬も、もちろん計上していますね？」

「あぁ、忘れなければな」

しゃあしゃあと加賀美が答え、忘れることもあるのか、と思ったら床に膝をついてしまいそうになった。そして、この店に用途不明の入出金が多い理由もわかった気がして、玲司は軽い眩暈を覚える。

なんだかザルで砂を掬《すく》っているようだ。指導をしたところできりがない、改善されない。自分の目の届かない場所から、ゆるゆると生まれては消えていく金がある。

こめかみがひくついて、これはもうダメだ、と玲司は思った。まっとうな手順を踏んでいたのでは、目に見える改善がなされるのは何年先のことになるかわからない。

玲司は小さく息を吸い込むと、グッと腹に力を入れて一直線に加賀美を見据えた。

「中間申告をしましょう」

前触れもなく玲司が告げると、加賀美が小さく眉を上げた。能面をかぶったように無表情に頰を白くした玲司を見て、何某かの強行に出るだろうことを察したのだろう。加賀美はそんな玲司を不審がるどころか面白そうに見遣って目を細めた。

「また聞いたことのない言葉が出てきたな」

「こちらでは確定申告の年税額を年に三回に分けて支払っていますね？」

「さぁ……そうなのか？」

そうなんです、と硬い声で返して、玲司は眼鏡を押し上げた。

「三月に申告した納税額から今年度の税額を見積もって、基準額の三分の一相当を予定納税として七月と十一月に納付するんです」

へぇ、と加賀美が首を傾げる。興味があるのか、理解しているのか、唇に薄く笑みを引いたその顔を見ただけではよくわからない。けれど玲司は敢えて声音を変えることなく、抑揚の乏しい声でつけ加えた。

「納付は七月末日締め切りです。それまでに、三月から六月までの中間申告をします」

「で、その中間申告ってのは具体的に何をするんだ？」

気楽に聞き返す加賀美に玲司は答える。この上もなく淀みのない口調で。

「まず三月から六月までにあったすべての取引を勘定科目ごとにまとめて総勘定元帳を作成します。仕訳帳からすべての取引を転記するだけですからそれは問題ないでしょう。それから総勘定元帳を元に貸借対照表と損益計算書を作成、棚卸しをして売掛金と買掛金の確定、減価償却費の計算と未払い消費税の集計をしたら、三月から六月までの利益が確定します」

「ちょ…っ…ちょっと待てよ！」

　あまりに玲司が流暢なので口を挟む機会を窺《うかが》っていたらしい水木が、言葉の合間を見つけてすかさず割り込んできた。

「その……なんとか……なんとか帳？　とかいうあからさまに面倒臭そうなもんをまた俺に作らせようって言うのかよ!?　しかもさりげなく他にも違うやつがあっただろ！」

「貸借対照表と損益計算書です。しかしこの短時間ではさすがに貴方ひとりでは不可能ですから、今回は事務所の皆さんに手伝っていただくことになるでしょう」

「その上棚卸しってなんだよ！　なんでこの時期にそんなことしなくちゃいけねぇんだ！」

「中間申告というのはそういうものです。その会社が今持っている商品や製品を正確に把握しておかないと利益が出せません」

「だからなんでそんなもんがわからないといけないかって話を――…っ…」

「なぁ、先生？」

　放っておくとどこまでもヒートアップしそうな水木の声を、加賀美がやんわりと制して会話に割って入ってくる。とっさに口を噤んだ水木に目配せして、加賀美は余裕のある動作で玲司の側にやってきた。

「これまで税務の仕事を頼んできた爺さんはこんな時期にそんな面倒な仕事は一切やっちゃいなかったが……それは本当にやらなくちゃいけないことなのか？」

軽く首を傾げ、加賀美はジッと玲司の目を覗き込んでくる。相変わらず口元には笑みを含ませているが、どことなく今までと表情が違う。それは獲物の動きを観察する捕食者の目に似て、ふと玲司は、今は見えない加賀美の左手を思い出した。

白い鱗が彫り込まれた、冷たい手――。

「中間申告をする義務はありません」

ちらりと背中を這った冷たい感触を振り払うように、玲司はきっぱりとした声でそれに答えた。傍らで、水木が愕然と目を見開くのがわかる。

「予定納税額は税務署から通知がありますので、その金額だけ払っていただければ結構です。申告書を提出する必要はありません」

「だったら、なんで！」

すぐ側で水木が喚いて、加賀美の視線がそちらに流れた。玲司はやっと加賀美の目から解放された気分になって、人知れず深い息をついてから水木と向かい合った。

「狂った帳簿を修正します。それに、やり終えれば経理の知識が身につきますよ」

水木の眉間に深い皺が寄る。次いで、嫌気が差したように水木は玲司に背を向けた。

「いらねぇよ、そんな知識！　大体やる必要ないんだろ？　だったら俺はやらないからな！」

「そうでなくても、七月は私たち他の社員も経理のお手伝いをする暇がありません」

唐突に、それまで我関せずといった体で緑茶を飲んでいた榎田が声を上げた。なぜ、と玲司が問うまでもなく、榎田は湯飲みの茶を飲み干して独り言のように呟いた。

「八月に入ったらすぐに夏祭りがありますので」

は、と玲司が短い声を上げるのと、あぁ、と水木が手を打つのはほぼ同時だった。言われた意味がわからず呆然《ぼうぜん》とする玲司の前で、水木は親子ほども年の違う榎田の背中を遠慮もなく力一杯叩いた。

「そうだよ！　榎田さんいいこと言った！　確かに祭りがあるから七月は忙しいよな、俺もそろそろ半被《はっぴ》の用意しなくちゃ」

「じきに出店のリストも上がってくるでしょうから、そちらもチェックしないと」

「あー、今年もあのジャガバタ焼きの店出るかな？」

そのまま玲司の存在など忘れたように祭り話に花を咲かせる二人の背後で、再び玲司のこめかみがひくつき始めた。

彼らにとっては会社の仕事より、夏祭りの方が大事なのだろうか。それは確かに、勘定元帳より祭囃子《まつりばやし》の方が胸躍るのはわかる。わかるけれど、今は就業時間中なのだ。

水木がはしゃいだように「今年は俺が神輿《みこし》を担ぐんだ！」と声を張り上げたところで、玲司の中で何かが切れた。

「……貴方たちはどれだけ仕事を馬鹿にしたら気が済むんです」

玲司の低い声に、水木と榎田が振り返る。背後で加賀美がコーヒーを啜る音がした。

水木と榎田は互いに顔を見合わせ、先に口を開いたのは榎田の方だ。

「馬鹿になどしていません。毎年の立派な伝統行事ですし」

「仕事と遊びの区別もつかないのかと言っているんです！」

榎田の言葉を遮って玲司が声を荒らげると、水木の眉間にスッと皺が寄った。

水木は一歩前に歩み出ると、玲司を見上げて目を眇める。その口から出てきたのは、これまでの感情任せの声とは違う静かなものだ。

「なんなのアンタ、さっきから好き勝手言って、こっちの話も聞かないで、俺たちの仕事の何をわかってるってんだよ？　言いたいことだけ言って、なんにも理解してねーじゃん」

それとも、と、水木は忌々し気に声を潜めた。

「俺たちみたいな半端者のことなんて、理解したくもないとか思ってるわけ？」

理解、と口の中で玲司は繰り返す。

そんな堅苦しい言葉を使わなくても、きちんと自分はわかっているつもりだった。ここはヤクザの系列会社で、経営はずさんで経理処理は税理士任せで、昼間から事務所には煙草とビールの匂いが充満し、誰ひとりまともに仕事をこなす者はいない。

それで合っているはずだし、それ以上の何を理解すればいいというのか。

黙り込んだ玲司を見上げ、水木は唾棄《だき》するように言い放った。

「俺たちがどういうやり方で動いてるのかも知らないで自分のやりたいことだけやらせようなんて虫がよすぎるだろ……！　大体、誰もアンタに経理の勉強させてくれなんて頼んでない！　全部アンタが好きでやってることで、頼まれてもいない余計なことじゃねえか！　もともとは全部税理士の仕事なんだから、アンタがやれよ！」

「水木」

背後から加賀美の静かな声。水木が顔を顰めて口を噤む。

突然室内に沈黙が訪れて、玲司は無表情のまま水木を見下ろし、ゆっくりと瞬きをした。

（……頼まれてもいない、余計なこと、か）

その通りだ、と頭では思う。わかっている。それなのに、口が勝手に動いていた。

「そうやって、私たちはすり減っていくんです」

やれと言われれば伝票の整理から帳簿の記入からなんだってやる。節税だって脱税だって、頼むと頭を下げられればやってしまう税理士だっているのだ。

玲司はひたりと水木を見据え、低い声で呟いた。

「前任者の税理士は、そうして貴方たちの無茶につき合って入院したのでは……？」

グッと水木が声を飲む。事実だったから何も言えなかったのか、それとも玲司の迫力に圧《お》されたのか、とにかく言葉を失った水木は苛立ったように無言で床を蹴った。

玲司はもう一度瞬きをすると、深く息を吸い込んで頭を下げた。

「失礼しました。出すぎた口を」

丁寧に頭を下げ、再び顔を上げると水木がギョッとした顔で玲司を見ていた。突然下手に出た玲司にどんな態度をとればいいかわからなくなったのだろう。救いを求めるように玲司の後ろにいる加賀美に視線を送る。それに応えて背後で加賀美が身じろぎする気配がして、その足音が近づいてくるより前に、玲司は水木のデスクの脇に置いていた鞄を手にした。

「中間申告の話はなかったことにしてください。予定納税は通例通り、税務署から通知が来た分だけ支払えば問題ありません」

それだけ言うと、玲司はドアの前でもう一度礼をしてから事務所を出た。

何もかも投げ出して、室内にいる人たちの顔を見る気には、とてもなれなかった。

外に出ると、空はあいにくの雨模様だった。

タイミングが悪い、と思いながら、玲司は外へ出る。傘は持ってきていなかった。

(梅雨時なんだから、折り畳み傘くらい鞄に入れておけばよかった)

そんなことを考えながら線路沿いを歩いて駅へ向かう。霧雨のような降り方だったが、あっという間に眼鏡に水滴がついて肩先は冷たくなった。

この界隈には板金工場や塗装工場、車の解体作業工場などが軒を連ねていて、就業時間中の今、駅までの一本道には玲司以外の人影がない。

ひっそりと真っ直ぐに伸びるその道を歩きながら、玲司は水木の言葉を反芻《はんすう》していた。

（確かに、こんなことは私がやりたくてやっているだけだ……）

お節介だと思われても仕方ない。現に、税理士事務所に経理事務を一切委託してしまう企業だって珍しくもないのだ。そして多くの税理士は望まれるままに依頼された仕事を請け負う。それが当然だ。

音もなく雨が降る。体の芯《しん》から、ゆっくり冷える。玲司は眼鏡に落ちる水滴を払おうと、スーツの袖で乱暴に眼鏡を拭った。

（我ながら……馬鹿なことを——……）

玲司にだってわかっている。自分のしていることは誰にも望まれていない。

上司である加藤にも、ミラー中古車店の従業員たちにさえ。

ボランティアか、と加藤は言った。呆《あき》れた顔を隠さずに。

余計なことだ、と水木は怒鳴った。憤った表情を露わにして。

わかっている。わかっているが、玲司には黙ってそれを見ていることができない。

正しい経理の知識もなく、ただ漫然と流れていく金を見遣り、最後は税理士に泣きつくことしかできない人たちを前に黙っていることは苦痛だ。

きちんと日々の帳簿をつけていれば、自分たちがどれだけの資金を持っているのか把握していれば、己の目で、手で、しっかり金銭の管理をしていれば——……。

足元を見ながら歩いていたはずなのに、水溜まりを踏みつけて泥が跳ねた。革靴に冷たい水が染みて、足が止まりそうになる。自分はいったい何をしているのか、依頼通りの仕事をせず、従業員たちに疎まれて、誰にも望まれない仕事を自ら積み重ねて。

なんのために。

(全部、私のわがままなんだろう――……)

わかっている、と玲司が再び胸中で呟いたとき、雨音の向こうで伸びやかな声が響いた。

「いたいた、せんせー」

振り返ると、雨でけぶる景色の中、線路沿いを大股で歩く背の高い男の姿が見えた。薄墨色の着物に朱色の蛇の目傘という、昨今では時代劇でしかお目にかからないようなその出で立ちを遠目から見た途端、玲司は現実に引き戻されたのだか、逆に異世界に行ってしまったのだかよくわからなくなる。

傘を差してやってきたのは、もちろん加賀美だ。

加賀美はうっかり呆然と立ち竦んでしまった玲司の側まで来ると、屈託なく笑って玲司に傘を差し向けた。

「やっぱり、傘なんて持ってないだろうと思ったんだ。濡《ぬ》れるから駅まで送ってやるよ」

そう言った加賀美は傘を一本しか持っていない。思わず玲司は、こういうときは相手の傘も持ってくるものなんじゃないかと加賀美の手ぶらの左手に視線で訴えかけてしまう。

視線の意味を察したのだろう。加賀美は顎をしゃくって西の空を指した。

「ほら、あっちの空は明るいから、じきにこの雨もやむ。アンタが電車を降りる頃にはやんでるって」

荷物は少ない方がいいだろう？　と加賀美は笑う。薄い着物一枚だけで飄々とあたりを歩く、いかにも身軽な加賀美らしい言い分だと玲司は思った。

玲司は加賀美と傘を交互に見て、くるりと加賀美に背を向けた。

「だからって、大の男が二人でひとつの傘に入るのは無理があるでしょう」

そう言い捨てて玲司が歩き出すと、加賀美も一緒についてきた。玲司の上にも傘を差しかけたまま。

「大丈夫だ、そう思って会社で一番デカイ傘を持ってきた」

「それで、蛇の目傘ですか」

「他はビニール傘しかなくってな。それに、男同士で相合傘ってのも傍目《はため》に面白いだろう？」

「……妙なことを言わないでください。大体私は周りから面白がられたくなんてありません」

つっけんどんに玲司が言い返すと、いつの間にか玲司の隣を歩いていた加賀美が喉の奥で低く笑った。

「やっといつものアンタだ。そうでないと調子が狂う」

何があっても自分のペースを崩さないような男がよく言う、と玲司は内心悪態をつく。だからそのまま何も言わずに歩いていると、ふいに加賀美が呟いた。

「悪いな、覚えの悪い従業員に手を煩わせちまって」

これまでの楽し気で捉えどころのなかった声とは違う、改まった声音に思わず玲司は顔を上げる。見上げると、斜め上から加賀美がジッとこちらを見ていた。

「皆まっとうな人生なんて歩んできちゃいないもんだから、警戒心が強くて人の言うことを聞き入れやしない。他人から批判されることに慣れて、すっかりひねくれて扱いにくくなった奴らばっかりだ」

突然の加賀美の物言いに玲司は面食らう。返す言葉も忘れて加賀美の顔を見上げていると、加賀美は薄茶色の瞳を細め、丁寧に、ゆっくりと玲司に言った。

「それでもあいつらを見放さないアンタは、偉いな」

それは相手の内側にきちんと沁《し》み込ませるような、静かにゆったりとした声音だった。

そしてその声と言葉は確かに玲司の中に沁み込んで、自然と玲司の足が止まる。加賀美も一緒に立ち止まり、まだ大分遠くに見える駅へと視線を向けた。

「アンタみたいにしつこく物を教えてくれる人に会ったのは、あいつらも初めてのことかもしれない。半端者で、最初から目にもかけてもらえないことばかりだったから」

言いながら、再びゆるりと加賀美の視線が戻ってきた。

玲司はそれを、ほとんど息を詰めて見ていた。

「なんだかんだと悪態はついちゃいるが、本当はあいつらも、アンタに世話を焼いてもらって嬉《うれ》しいんだ」

だから、と言って加賀美は体ごと玲司に向けた。

「もう少し、あいつらの面倒見てやってくれないか。——見捨てないでやってくれ」

頼むよ、と加賀美がわずかに頭を下げる。加賀美の髪がサラリと揺れて、玲司は視線を泳がせた。

わかっている、わかっている、自分のしていることは誰にも望まれていない。

今まで呪文のようにそう繰り返してきたのに、この状況はなんだろう。

どうしていいかわからず、とっさに玲司は頭を下げ続ける加賀美から視線を逸らした。

「ど……うでしょう。私は随分と、従業員の皆さんに煙たがられているようですが。仕事をしたくないばっかりに、夏祭りまで言い訳に使われる始末ですし——……」

玲司の言葉に面を上げると、加賀美は少々困ったような顔で笑った。

「それな、夏祭りにうちの事務所が忙しくなるのは、本当だ。北川組から警備の真似《まね》事頼まれててね。毎年祭り客にまぎれて見回りをしてる。祭りの興をそがないように半被やら祭《まつ》り半纏《はんてん》やらを着て、トラブル起こしそうな出店は注意して。一応はこれも、仕事の一環なんだ」

それを聞いて、加賀美に横顔を向けていた玲司の顔色がわずかに変わった。

だっててっきり自分の話を遮断するためにあんな話を始めたのだと思っていたのに。だから言下に切り捨てて、あんなにも感情的に怒鳴りつけたというのに。

それなのに、水木も榎田も本当に仕事の話をしていたのだ。

（それで、あんな目——……）

仕事と遊びの区別もできないのかと声を荒らげた玲司に、水木は何もわかっていないと言った。胸の底に何かを抱え込んだような目で、玲司を見上げて押し殺したような声で唸《うな》った。

『俺たちみたいな半端者のことなんて、理解したくもないとか思ってるわけ？』

あのとき、訊けばよかったのだろうか。どうして夏祭りがあると忙しくなるのか。馬鹿らしいなんて思わずに、話をはぐらかされたなんて思わずに、尋ねればよかったのだろうか。

後悔に似た感情が玲司の胸を揺さぶって、ますます視線を定められなくなった。けれど加賀美は、そんな視線の揺るぎなど吹き飛ばすように大らかに笑う。

「説明が悪くて申し訳ない。俺も口を挟もうかどうしようか迷ってたんだが、アンタも水木も随分熱くなってたもんだからタイミングを逃しちまってね。特に水木は——……」

そして加賀美は、両目をスゥッと細めてなんだかやけに嬉しそうに笑った。

「よっぽど、アンタにはちゃんとわかってもらいたかったんだろうな」

精悍な加賀美の顔が、惜しみもなく笑みで崩れる。子供のような表情にドキリと心臓が音を立て、玲司はそんな自分の反応に混乱した。その上随分長く立ち止まっていたことにようやく気づいて、玲司は慌てて足を踏み出した。

「どうして私にわかってもらいたいなんて思うんです。むしろ水木さんには一番疎まれていると思いますが」

「そうでもないさ。だってあいつ心配してたぞ。帰り際にアンタが恐い顔してなかったから、どっか具合でも悪かったんじゃないかって」

その言葉に、玲司は憮然《ぶぜん》とした表情を浮かべた。

不機嫌な顔をしていないと具合が悪いと思われるとはどういうことだ。自分は普段それだけ四六時中渋い顔をしているということか。

無言で前を見ると、斜め上から加賀美のひっそりとした声が降ってきた。

「前任の爺さんみたいに急に来なくなるんじゃないかって、随分気を揉んでた」

横顔に、加賀美の視線を感じる。けれど玲司は首を巡らせることができない。不覚にも、胸を衝《つ》かれてしまって。

前任の税理士が入院した話を持ち出したとき、水木は言い返す術《すべ》もないように無言で床を蹴りつけた。あれは、彼なりに何か思うところがあったゆえの行為だったらしい。

今度こそ、ごまかしようのない後悔が玲司の胸を掠《かす》めた。

なんだか自分は、掌からいろいろなものを取りこぼしている気がした。必死で掬い上げているつもりが、結局手の中には何ひとつ残っていないんじゃないかと、そんな不安に捉われる。

ギュッと唇を噛むと、傍らで加賀美が声を潜めて笑った。

「本当に具合が悪いわけじゃないんだろ？　だったら、これからも変わらず俺たちを叱《しか》り飛ばしてくれよ、先生」

「……そんなことより、叱られないようになる努力をしてください」

ふふっと加賀美が笑う。柔らかな雨音に混ざって、加賀美の声はいつもよりなだらかに耳に響く。傘の下で時折互いの肩が触れ、濡れた肩先に加賀美の体温が染みる。

「でもなぁ、あいつら少なからずアンタに怒られるのを楽しんでる節があるからなぁ」

「どういう趣味です」

「趣味じゃなくて――なんだろう、同じ匂いがするからかな」

同じ匂い。以前も加賀美に言われた記憶がある。玲司はその意味がわからぬまま、加賀美に冷たい視線を送った。

「あいにくと、私は堅気の世界から道を踏み外したことはありませんよ」

「あぁ、それはわかる。わかるんだが……何かな」

加賀美は自分でも答えあぐねているように首を傾げ、それから再び急に玲司に顔を近づけてきた。今度は先程よりもさらに近い。鼻先もぶつかりそうでギョッとする。さすがに足を止めると、加賀美も立ち止まってしげしげと玲司の顔を見詰め、呟いた。

「アンタどこか、ねじれてる感じがする」

唇に、息がかかる。予想外の近距離に、玲司の心臓が外から叩かれたように大きく鳴った。

加賀美は薄茶色の瞳を玲司に定めて逸らさない。視線で玲司の中の何かを捉えようとでもしているのか。放っておくと本当にいつまでもそうして玲司の目を覗き込んで動きそうもないので、玲司も加賀美から目を逸らせないまま、無理やり強張った唇を動かした。

「ひ……ひねくれている、の間違いでは、ありませんか」

声を出すのには勇気がいった。自分の吐息が加賀美の唇に触れてしまうのではないかと思ったら必要以上に声を潜めてしまう。それでもきちんと聞き取れたらしい加賀美は、途端にその顔を緩めた。

「あぁ、そうか。それもあるのかもしれない」

ひとりでやけに納得したような顔をして加賀美が近付けていた身を離す。それでやっと体の力を抜いた玲司は、動揺を悟られまいと小さく咳払《せきばら》いをしてから歩き出した。

「公道で、あまり体を近づけるのはやめていただけませんか」

「じゃあ別の場所だったら構わないのか」

「それもお断りします。そういう意味で言ったつもりはありません」

冗談が通じない、と加賀美が笑う。蛇の目の傘は相変わらず、冷たい雨から玲司を守るようについてくる。

雪駄《せった》を履いた足でぱしゃりと水溜まりを踏んで、加賀美は緩やかに会話を続けた。

「あいつらも、今に変わる。本当なら俺が面倒見てやるべきなんだろうが、残念ながら俺には学がなくてな。アンタみたいにいろいろなことを教えてやれない」

だから、と言って、加賀美はゆったりと目を細めた。

「アンタには感謝してるよ。――ありがとう」

ぞんざいに、ポンと放り投げられた言葉。

ちっとも特別ではなく、ありふれた日常の言葉のように加賀美はそれを口にする。それでも声は温かく、玲司はもう加賀美を振り返らない。振り返れない。

なんでもないことのように放たれたその言葉を玲司がどれほど望んでいたのかも知らないで、その言葉が玲司の心のどこへ沁み込んでいったのか思いを巡らす素振りすら見せず、加賀美はのんびりと隣を歩いている。

玲司はひたすらに前を見て歩く。

礼を言われるようなことはしていない。これは自分のお節介で、わがままだ。

それでも、自分がしていることに対して初めて耳にする「ありがとう」は、玲司の胸をやけに大げさに揺さぶった。

目を転じれば雨の向こうに駅が見える。まだもう少し、距離はあるだろうか。

加賀美の言う通り小雨になってきたが、二人の上にはまだ大きな蛇の目傘が広がっている。その下で触れる肩先はやけに温かく、玲司は歩調を緩めてしまいそうになった。

傘の先から滴る雨粒を目の端で捉え、ふと、あの駅に着くまでは雨がやまなければいいと思った。次いで、そんなことを思う自分にギョッとして玲司は慌てて足を速める。

どれだけ歩調を変えても、傘は、最後まで玲司の上についてきた。

◆◇◆

七月半ば。今月二度目となる訪問のためミラー中古車店へ向かう玲司の足取りはいつもより少し速かった。線路沿いの一本道を歩きながら、玲司は神経質にあたりへ目を配る。これだけ見通しのよい場所で、しかもまだ日が高いのだから大丈夫だろうとは思うものの、曲がり角からふいに現れるトラックの影にさえ身構えてしまうのはどうしようもなかった。

昨日、玲司は担当先のひとつから仕事を打ち切られた。

相手は成井組の息のかかった建設会社だ。例によって経理の仕事は税理士任せで、最初から帳簿はそれらしくつけておいてくれと言って憚《はばか》らないような会社だった。

玲司は比較的大人しく仕事をしながらも、少しずつ自社で経理処理ができるようにと担当者を説得してきた。そちらの方が御社の出費のご負担も減りますし、自分たちで帳簿をつければ経営面でも改善が図れますしと、もっともな言葉を丁寧な口調で並べて。

それが昨日、いつものように先月の資料を回収しながら玲司がその話を切り出すと、担当の男が突然椅子を蹴り上げてきた。

もうその話は聞き飽きた、と言い放つ自称経理担当者は大河内《おおこうち》といって、見るからにいかつい顔を歪めて玲司に凄んだ。けれど玲司は引き下がらず、それどころか、必要なことですから、とさらに粘り強く説明を続けようとしたところ、無言で襟首を摑まれた。

それで玲司は、とっさにこう言ってしまったのだ。

『ここで民間人を殴ったらどんな費用が発生するかも、教えて差し上げますよ』

その、冷静すぎる物言いが気に入らなかったのだろう。大河内は憤怒の表情を浮かべて『そんなもんは知ってる！』と怒鳴ると玲司の襟首を摑んでいた手を乱暴に振り払ったのだ。

そのまま会社を追い出され、玲司が加藤税理士事務所へ戻るとすでに先方から契約打ち切りの連絡が届いていた。

そんなことがあった翌日は、どうしても神経を尖《とが》らせてしまう。会社で玲司に一太刀《ひとたち》浴びせられなかったことに鬱憤《うっぷん》を感じ、後日夜道で玲司を襲う輩《やから》も少なからずいるからだ。

実際何度か痛い目に遭っている玲司は、滅多なことでは夜道や人通りの少ない道を歩かない。そうまでしてヤクザ相手に経理の重要性を訴え続ける必要があるのかどうか、我ながら首を傾げることもないではないが、これはもう性分だと諦めてもいる。

そうやって早足に歩いてやっとミラー中古車店が見えてくると、玲司はホッと肩の力を抜いた。自然と歩調も緩やかになる。

いつもは午後から訪問しているが、そうすると帰りが夕方になってしまうことも間々あるので、今日は朝一から約束を取りつけていた。

加賀美はちゃんと起きているだろうか、と思いながら店に近づいて、玲司は足を止める。

いつもは閑散としている店の前に、人影が見えた。近づいてみると、店の前にいるのはミラー中古車店の面々だ。水木を筆頭に、紺野、本田、榎田もいる。

何をしているのかと思ったら、彼らは一様に店の駐車場に置かれた車を取り囲んでいた。

おや、と玲司も目を見開いたのは、皆が囲んでいる車が店の前に並んだ中古車の中でやけに異彩を放っていたからだ。

ミニバンや軽自動車やワゴン車などが雑多に並ぶ駐車場のど真ん中。わざわざ他の車を脇に押しやって堂々と置かれたそれは、目にも眩《まぶ》しい真っ青なスポーツカーだった。

玲司も人の輪に入って車を覗き込む。皆車に見惚《みと》れ、玲司がやってきたことには気づいていないようだ。

玲司はあまり車に明るくない。車体が低いのとツードアなのを見てやっとスポーツカーかな、と見当がついたくらいで、車種などはさっぱりわからない。

それでも、夏の日差しを力強く跳ね返す磨き上げられたボディや、バックについたウィングの曲線の美しさ、覗き込んだ車内の内装の豪華さから高級車であることはわかった。

「どうしたんです、これは」

しげしげと車を覗き込んでからやっと玲司が口を開くと、従業員が全員ギョッとした顔で玲司を振り返った。

「いっ、いつからいたんだよアンタ！」

「さっきからずっといましたよ。それで、この車は？」

玲司が尋ねると、水木は再び吸い寄せられるように車に視線を向けて緩く首を振った。

「知らない。けど、朝来てみたらもうここにあった」

よほど車が好きなのか、青い車体を見詰める水木の目は熱に浮かされたようだ。

玲司はもう一度革張りのシートを一瞥《いちべつ》して、ひとり人の輪から離れる。

「皆さんがご存じないということは、恐らく加賀美さんがどこからか入手したのでしょう」

「えー、もしかして社長の私物かなぁ。こんないい車、うちに売りに来る奴いるわけないし」

「それ以前にどれだけ値段交渉しても、うちでは買えないのでは？」

榎田が冷静な判断を下し、そうだよなぁ、と水木はしきりに頷いている。

そんなに高価なものなのか、と玲司が思っていると、ふいに水木が勢いよく顔を上げた。

「社長の私物だったら俺一回乗せてもらう！」

言うなり水木は会社に飛び込んで、つられて他の従業員たちも店に入っていく。玲司も後に続き、とりあえず水木が加賀美を起こしてきてくれるのを待とうと二階の事務所へ向かった。ところが、階段を上る途中で事務所から水木の素《す》っ頓《とん》狂《きょう》な声が響いてきた。

「あれ、社長もう起きてんの⁉」

次いで加賀美の応《いら》えも聞こえてきて、珍しい、と玲司は目を見開く。見開いてから、頭を抱えたくなった。時刻は九時を回ったところで、起きていない方がおかしいのだ。

どんどんこの会社の温《ぬる》い空気に毒されている、と痛感しながら玲司が事務所に入ると、社長机の前に加賀美が腕を組んで立っていた。

まさに仁王立ち、といった佇《たたず》まいで社員が全員事務所に入ってくるのを待っていた加賀美は、最後に玲司が部屋に入るのを見届けると、満を持したように口を開いた。

「下の車、見たか」

いつもどことなく腹に力が入っていないような加賀美が、凜《りん》とした声を部屋に響かせる。

白地に淡い紫のグラデーションがかかった浴衣を着る加賀美は何やら演歌歌手のようで、それが声を張る様を玲司は奇妙な気分で眺める。なんのコンテストか、もしくはカラオケ教室の指導か。ここにいると、時たま自分が何をしているのか見失うことがある。

閉口する玲司など置き去りにして、水木は興奮したような声を上げた。

「あれどうしたんだよ、社長！　もしかして社長の車⁉」

「まさか、俺は車の免許なんて持ってない」

無免許の中古車店社長か……と玲司がぼんやり考えていると、加賀美が大きく息を吸い込んだ。目一杯胸を反らしたその姿に思わず全員が次の言葉を待つ。

そんな中、加賀美は言った。これまで聞いたことがなかったほど、大きな声で。

「――――買っちゃいました！」

腕を組み、背筋を伸ばして、堂々と声を張り上げ加賀美は言った。

盗んだ、借りた以外だったら買うしかないだろう、と玲司が静かに頷くと、加賀美の前に立っていた水木が突如両手からダランと力を抜いた。

「え……買った、て？」

うん、と力強く頷き、加賀美は続ける。

「昨日の夜飛び込みの客が来て、どうしてもあの車を買って欲しいって言うから買っちゃいました」

「き、客から買い取ったのかよ⁉」

「てゆか社長、その格好で接客したんですか！」

紺野が慌てて割り込んできて、加賀美は重々しく、うん、と頷いてみせた。

「……真夜中に、浴衣の従業員が対応する店に車を売るなんてまともな輩じゃありませんね」

呆れた玲司が口を挟むと、加賀美はやっぱり顎を引いて頷いた。

「どうやら何かから追われてるみたいだったな。今すぐにでも高飛びしたいから、とにかく火急で現金が必要なんだと泡飛ばして訴えてたぞ」

「追われてるって――……」

「成井の構成員ですかね。あいつら結構えげつないことやってるって聞いてますけど……」

現状では判断つきませんが、と紺野が赤茶けた髪を掻きながら呟く。一応は最初の衝撃から立ち直っているようだが、まだ少し落ち着かな気に靴の先で床を叩きながら。

「それにしたって、あの車買うんじゃ相当金がかかったでしょう。いったいいくら出したんです、時間外に飛び込んできてすぐに現金渡すって条件挟んだとしても相当――……」

「半額ぐらい」

再び、事務所内に沈黙が落ちた。

玲司は無言で事の成り行きを見守る。門外漢の玲司では、中古車を定価の半値で買い取ることが常識なのか非常識なのか判断がつかなかった。

どうなのだろう、とこちらに背を向ける従業員たちの背中を見ていると、ほぼ同時に、全員が断末魔のような悲鳴を上げた。

(……これは社長の判断ミスか)

察して眼鏡を押し上げると、水木が加賀美の元に飛んでいって浴衣の袂《たもと》を握り締めた。

「し…っ…社長！　半額って……あれ、三千万ぐらいするだろうが！」

眼鏡のブリッジを指先で押し上げた玲司が、そのままピタリと動きを止める。

今何か、とんでもない台詞《せりふ》が耳に飛び込んできた気がするのは気のせいか否か。

硬直している玲司の横で、従業員たちがわぁわぁと声を上げ始めた。それを加賀美が飄々といなしている。

「いや、三千万はしないけどな」

「似たようなもんじゃないですか！　買い取り額一千万は越えたんでしょう！」

「いや、半額は言いすぎた。もう少し値切ってだな……」

「値切ったところで大金じゃねぇか！　大体どっからそんな金が出てきたんだよ！」

そうだ、と玲司は目を見開く。瞬時に頭の中で計算する。この会社の金庫に入っている現金と、通帳の預金。確か、あわせてギリギリ一千万くらいではなかったか？

まさかまさか、と胸中で繰り返す玲司の耳に、加賀美のきっぱりとした声が響いた。

「そう、問題はそこだ」

「そこって……金？」

「今すぐ現金で支払ってくれないなら別の店に行くって言うから、俺は三階の金庫をこじ開け夜のコンビニに飛び出して通帳の金を全額下ろしてきた」

「……全額？」

玲司には、聞こえた気がした。従業員たちの体からスゥッと血の気の引いていく音が。

そうです、と何度目かになる首肯を繰り返し、加賀美は言い放った。

「なので、今うちの会社には一銭の現金もなければ貯金もありません！」

一同がポカンと口を開く。その言葉の真偽が見定められず、無言の事務所にうろたえた視線だけがさまよう。

その中で、唯一加賀美の言葉の正しさを実感できる玲司の額に、血管が浮いた。

「ば————っ……馬鹿ですか貴方はぁっ！」

まさしく、怒号と言うしかない絶叫が事務所内に響いて、社員が一斉に玲司を振り返る。

玲司は大股に加賀美に歩み寄ると、浴衣の衿《えり》を両手で力一杯摑んだ。

「貴方の個人資産だかなんだかわからないなけなしの預金だけならまだしも、金庫の現金まで全額出すなんて……！」

「はは、なけなしはひどいなぁ」

「笑い事ですか！　商品を仕入れるのは構いませんがするならもっと計画的にしなさい！昨日の夜に思いついて店の金を使い込むなんて正気とは思えません！　七月は支払いが多いんですよ！　予定納税だってあるでしょう！」

玲司の剣幕を見て、従業員たちも事の重大さがわかってきたようだ。

玲司に加勢しようとするが、玲司の勢いが凄《すさ》まじすぎてそれすらできない従業員たちを横目に、加賀美は難しい顔をしてしまった。

「そうなんだ。俺もそれは思った。でもなぁ先生、限定生産品で市場じゃ滅多に出回ってない一品を目の前に突きつけられて、買わなかったら男じゃないだろう」

「それが経営者の台詞ですか！　いらない漢気《おとこぎ》を発揮している暇があったら経営戦略の本でも読んでいなさい！」

「でももう買っちまったもんは仕方ない。それよりも、間近に迫った問題をどうにかしなくちゃならないだろう」

急に加賀美が真顔に戻る。さすがに玲司も加賀美の襟元から手を離すと、加賀美はまだ腕を組んだまま、深々とした溜め息と共に言った。

「今月の給料が払えない」

あぁ、と玲司の口から溜め息とも感嘆ともつかない息が漏れた。それはそうだ、今この会社には真実現金も預金もないのだ。しかしだからと言ってそれを従業員の前で正直に口にしてしまったら、何が起こるかは目に見えているではないか。

案の定、水木が悲鳴のような声を上げた。

「給料出ないって……今月の⁉　どういうことだよそれ！」

その後ろから、紺野も細い眉根を寄せて身を乗り出してきた。

「本当に一銭もないんですか、いつもの金額じゃなくても、少しくらい出ないんですか？」

「そうだよ！　俺ずっとアパートの家賃滞納してて、今月払わなかったら出てってもらうって大家に脅されてんだぞ！　それなのに、なんでよりによってこんなときに！」

二人とも真剣な顔で加賀美に詰め寄り、特に水木の顔は蒼白《そうはく》だ。どうやら本気で追い出されかねない状況らしい。

加賀美は一度口をへの字に結んで、ゆっくりと唇をほどいた。

「一応、少しくらいの金ならあるにはある。が、これはもう使い道が決まってる」

なんだよ！　と地団太を踏んで詰問する水木に、加賀美は低く張りのある声で答えた。

「予定納税」

あ、と水木が目を見開く。

年に三回、一年分の税金を分割して支払う予定納税。ここのところ折に触れては話題に上っていた単語だけに、瞬時に理解できたのだろう。

「支払日は七月末日。これを過ぎるとペナルティとして延滞税が発生するそうだ。それだ結構な金額で、現状ではいつ支払えるか、正直見当がつかん」

加賀美は続ける。淡々とした声で。まるで怪談でも聞かせるような低い調子で。

「そうして翌月も、その翌月もお前たちの給料を優先しているうちに延滞金額は膨れ上がって、最後はこの会社を手放さなければいけない日も来るかもしれない」

それはさすがに言いすぎだ、と玲司は思ったが、どういうわけか加賀美の言葉には妙な説得力というか、雰囲気がある。いつもへらへらしているせいか、ほんの少し表情を改めて声音を変えるだけで、やけに迫力が出て相手を圧倒してしまうのだ。

現に水木など加賀美の言葉を大袈裟《おおげさ》だと笑い飛ばすこともできず、今にも泣きべそをかきそうな顔でオロオロと周りの社員を見回している。

「でも、俺本当に、今月の家賃支払わないと……」

「俺だって飲み屋にツケがあるんです、困りますよ」

「私も、貯金があるわけではないので来月をどうやって過ごせばいいか……」

「俺は来月を待たなくても今の時点でカツカツです」

水木、紺野、榎田、本田が順に悲壮な表情で加賀美に訴え、加賀美は力強く頷く。そして、やおら傍らに立つ玲司を振り返った。

「そういうわけで、先生どうしよう！」

突然話の矛先を向けられ、玲司は軽く目を見開いた。問われるまでもなくすでに今後の対応策を考えてはいたが、こうして突然話を振られるととっさに声が出ない。

「どうしようって――……」

「どうしたらいい！　アンタならなんか知ってるだろう、こういうときの裏技とか！」

別に裏技でもなんでもなくまっとうな法的手段があるのだと、言い返そうとして玲司の口が止まった。

加賀美の後ろに、ミラー中古車店の従業員が並んでいる。皆一様に、これまでになかったくらい深刻な表情で、すがるような目で玲司を見ていた。

そしてそんな従業員たちに背を向け玲司と向かい合う加賀美は――薄く笑っていた。

「どうしよう、先生」

加賀美は同じ言葉を繰り返す。その声は真剣なのに、玲司だけに見せる顔には試すような挑むような表情が浮かんでいる。

どうしよう、と言っているくせに、どうするんだ？　と問われている気分になった。

何かを、試されている。とっさに悟って玲司は小さく喉を鳴らす。加賀美が何かを誘っている。従業員たちには見えないように、表情だけで玲司に何かを伝えようとしている。

考えろ、考えろ、と玲司は頭の中で繰り返す。加賀美は何を狙って、何を企《たくら》んでこんな突拍子もない行動に出たのか。そして今、どんな答えを玲司に求めているのか――……。

瞬きの瞬間、眼鏡の縁で光が爆《は》ぜた。窓からの光でも反射したのか。同時に玲司はグッと拳を握り込む。一歩足を踏み出し、加賀美より前に出て従業員たちに言った。

「――中間申告をしましょう」

えっ、と一同が目を見開くのがわかった。けれど玲司は誰かから声が上がる前に一気に喋り始める。

「予定納税は、基本的に前年と収益が変わらないという前提の元に、前年度の年税額を三等分して年に三回税金を納めさせる制度です。ですが、年度の途中で業績が著しく悪化した場合などは中間申告をすれば支払いの義務が免除されます」

「え、払わなくていいの……？」

「いえ、一時的に減額されるだけです。今回払わなかった分は年度末にまとめて支払うことになります。ですが、とりあえずは今だけ乗り切ればなんとかなるでしょう」

マジで！　と水木が弾んだ声を上げたとき、隣で榎田が右手を上げた。

「それよりも、社長が仕入れたあの車を売ってしまえばいいのでは？　現金一括支払いを条件に値段を下げれば買い手がつくのではないでしょうか。赤字にはなりますが」

普段と変わらない冷静な榎田の声に、その手があったか！　と一同の顔が明るくなった次の瞬間、突然一階でガラスの割れる音がした。次いで、外で車が急発進する音が響く。

ハッと全員が顔を見合わせる。従業員はすべてここにいるから、一階は無人だ。

紺野が窓に駆け寄る。玲司も窓の向こうに視線を飛ばすと、線路沿いの一本道を白い乗用車が猛スピードで走り去っていくところだった。続いて水木が事務所を飛び出し階段を駆け下りる。間をおかず、下から水木の悲鳴が響いてきた。

何事か、と事務所から出ようとすると、すでに戻ってきた水木が階段を二段飛びで上りながら、階上に並ぶ面々に向かって叫んだ。

「車！　石ぶつけられてる！　フロントガラスにヒビ入って、車体も凹《へこ》んでる！」

成井の奴らだ！　と絶叫して、水木は階段の壁を力一杯蹴った。

夏の空を鮮やかに映し出す、真っ青な、美しい車。玲司でさえ目を奪われるほどのそれが突然理不尽な暴力で傷つけられ、水木だけでなく、その場にいる従業員全員の顔に苦々しい表情が浮かんだ。事務所前の廊下に重苦しい空気が立ち込める。

それを破ったのは、のんびりと語尾の伸びた加賀美の声だった。

「これで買った車を売って金を確保するって正攻法は使えなくなっちまったなぁ」

浴衣の袂で腕を組んで事務所から出てくる加賀美を、玲司を含めた従業員たちが振り返る。加賀美はこんな事態なのに唇に薄く笑みを引いて、怒りも焦りも感じられない声で悠々と続けた。

「こうなったら車は早いところ修理に出した方がよさそうだな。下に置いとくと傷が増えちまいそうだ。戻ってきたらじっくり時間をかけて、買った値段の倍値で売ろう」

「……修理車ですよ。そんな値段で売れますか？」

紺野が気落ちした声で問うと、加賀美は目元に浮かんだ笑みを深めて紺野の肩を叩いた。

「お前ならできるだろう？　口八丁手八丁で客を口説き落とせ、お前の言葉で値のないものに価値をつけてやれ」

得意だろうが、と繰り返され、紺野は何か反論しかけたものの、結局は大儀そうに頷いただけだった。さすがに倍値は無理です、と言い添えて。

「となると、あとは予定納税だな」

加賀美はゆるりと視線を巡らせ、従業員ひとりひとりと目を合わせる。

「先生の言う通り中間申告さえすれば全額支払いは免れる。お前たちにも給料が出せる。随分と面倒な作業をしなくちゃいけないようだが、他に方法がないなら仕方がない」

加賀美はゆっくりとした瞬きをして、静かに言った。

「やるか」

その言葉に背中を押されるように、全員の顔つきが変わったのを玲司は見た。迷いが飛んで怠惰が失《う》せて、アンタの言うことなら従うよ、とばかりスッと抵抗の色が消える。

加賀美の言葉の持つ力を改めて目の当たりにして小さく息を飲む玲司の前で、まず水木が迷いを吹っ切ったような声を上げた。

「だったらとっととやっちまおうぜ、間に合わなかったらまずいんだろ？」

嫌なものを体から追い出すように大きく伸びをして水木が階段を上ってくる。

「そうだな、早いところ段取り決めて、サクサクやっちまうか」

紺野も諦めたように呟いて事務所に戻り、榎田と本田がそれに続いた。

背後でゆっくりと事務所の扉が閉まり、廊下には加賀美と玲司二人きりになった。足元にひんやりと冷気の這うその場所で、玲司は多少の皮肉を込めて加賀美に言った。

「……貴方が独断であんな高価な車を買ってしまったからこんな事態になったというのに、その責任は誰も責めないいんですね」

「社長のワンマンは今に始まったことじゃないからな」

今さらだ、と呟いて加賀美は欠伸《あくび》を噛み殺した。

その横顔を、玲司はしばらく無言で見詰める。

確信はないが、玲司はどうしても加賀美に尋ねてみたいことがあった。

「……もしかして、知っていたんじゃないですか？」

出し抜けに尋ねると、加賀美が目元を拭いながら、何を、と問い返す。玲司は加賀美の薄茶色の瞳をジッと覗き込んで、くっきりと鮮明な声で答えた。

「予定納税額の減額承認申請」

加賀美の眠た気な目がちらりと玲司を見た。玲司はそこから目を逸らさない。

予定納税額の減額承認申請とは、先程玲司が言った通り、今期の業績が著しく悪化した場合予定納税を減額するものだ。けれどそれには中間申告のような面倒な手続きは必要ない。書類に今年度の所得見積額など必要事項だけ書き込んで税務署に提出すればそれで済む。

当然玲司はそれを申請するつもりだったが、加賀美が従業員たちを背に、挑むような目で玲司を見たから、だから玲司は寸前で言葉を変えた。中間申告をしましょう、と。

大体、予定納税を減額するのに中間申告を必要とするのは法人だけだ。すっかりミラー中古車店の従業員には嘘をついてしまったことになるが、半分は加賀美の目に背中を押されてやったことのようにも思える。

これではまるで、従業員たちに中間申告の作業をさせるために加賀美がひと芝居打ったようではないか。

だったらまさか、従業員たちに相談もせず突然高級車を現金で買ったのも加賀美の計画の一環だったのだろうか。予定納税が支払えない、どうしよう、と玲司に泣きつくために。

――どこまでわかっているんだ、と玲司は思う。そして、どこまで加賀美が仕組んでいて、どこから自分はその罠《わな》に嵌《はま》っていたのか。

それを見定めようと玲司は加賀美の目を覗き込むが、加賀美はフッと口元に笑みを浮かべて玲司の視線をかわしてしまう。そうして再び前を向くと、気のない声でこう答えた。

「俺はそんな難しい言葉知らないよ、先生」

言いながら加賀美が首元を掻く。珍しく、いつも懐に入れている左手で。

着物の袂が落ちる。加賀美の手首から肘が露わになって、白い肌に白銀の鱗が光った。

初めて加賀美に会ったとき以来見ていなかった刺青に、玲司は目を眇めた。本物の鱗であるわけもないのに、それが光を反射したように見えたからだ。

加賀美の左腕に巻きつくあれは、蛇か、龍か、胴体しか見えないので判然としない。

まるで加賀美自身のようだ。時折ちらりと鱗が見え隠れするだけで、核心となる頭も尻尾《しっぽ》もなかなか見えない。

（……わからない男だ）

溜め息が唇を掠める。同時に事務所から水木の騒がしい声が上がった。

「おい！　何から手ぇつけていいかわかんねぇから早く指示してくれよ！」

少々苛立ったような水木の声に加賀美が小さく肩を竦めた。

「さて、本格的に雷が落ちる前に行こうか、先生」

加賀美が左手をスルリと脇から懐へしまい込む。

一瞬見えた白い鱗はそれっきり、その日玲司が加賀美の左手を再び見ることはなかった。

◆◇◆

梅雨時に空を厚く覆っていた雲がすっかり彼方へ飛び去り、空は連日の快晴。

子供たちは夏休みに入り、あたりにはしゃぐような笑い声が響き渡る。それにセミの鳴き声が重なって、暑さは日増しに厳しくなる。濃密になる草の匂いと、湿りを帯びた熱い空気。

いよいよ本格的な夏に突入しようかという七月三十日、深夜。

とうに営業時間を終えたはずのミラー中古車店には、まだ煌々《こうこう》と明かりが灯《とも》っていた。

二階事務所に、ドスン、と重たい音が響く。机に積まれた書類やノートの上に、水木の拳が振り下ろされた音だ。

「物に当たらないでください。うっかり領収書でも吹き飛ばしたらどうするんです」

水木の傍らには、いつもの黒いスーツを着た玲司がいる。時刻はそろそろ夜の十一時を回ろうかという頃だが、玲司はまだネクタイも緩めていない。

もう少しですから、と玲司が言うと、項垂《うなだ》れていた水木がガバリと顔を上げた。

「アンタさっきからもう少しもう少しって、全然終わんねーじゃん！」

「それは皆さんが私の指示した仕事をきちんとしておかなかったからでしょうが」

眼鏡の向こうから玲司が睨むと、水木はムグ、と口を噤んでしまった。

玲司は小さく溜め息をつく。中間申告の締め切りは明日。この一週間、一度もミラー中古車店を訪れることができなかったのはやはり痛かった、と悔恨を噛み締めながら。

基本的に、税理士の仕事は月末に忙しくなる。月の半ばに各社から回収した資料を元に、月初までに試算表を作成しなければいけなくなるからだ。その他の各種申告も大抵締め切りは月末で、ほとんど事務所から身動きがとりにくくなる。

それに、玲司が担当しているのはこの店だけではないのだ。さらに担当しているのはヤクザ絡みの案件が多いだけに依頼主は一癖も二癖もある人物ばかりで、どうしてもミラー中古車店に足を運ぶことができなかった。

それでも、前回ここを訪れたときは水木を筆頭に従業員たちがやる気を出しているようだったから、必要な指示だけは出しておいたのだが。指示通りに準備さえできていれば、今日は書類をまとめて確認をするだけで済んだのだが——実際にはほとんど資料は揃っておらず、まだ棚卸しも途中で、中間申告締め切り前日にして、ミラー中古車店は何もかもが中途半端なままだった。

おかげで玲司は昼過ぎに店へやってきてから未だ帰れずにいる。このままだと、本気でここで朝を迎えてしまうかもしれないと半ば覚悟しているくらいだ。

「まったく……どうして指示された仕事をきちんとしておいてくれなかったんです」

さすがに自分も疲労の色を隠せなくなってきて、玲司が眼鏡をずらして目頭を揉むと、水木は不満気な声を上げて椅子の背もたれに背中を預けた。

「だから、前にも言っただろ。七月はうちの会社忙しくなるんだって。祭りの準備とかいろいろあって……だって明日だぜ、夏祭り！」

そう、それもまた、運が悪かったとしか言いようがない。

祭りは毎年八月一週目の土曜日から始まる。そして今年の七月末日は、金曜日。

もともとまともに仕事をしていなかったミラー中古車店の面々には、突如重なった大仕事にどう対処していいのかわからず、てんやわんやの大騒ぎをしているうちに大した仕事もこなせないまま一週間を過ごしてしまったらしい。

それでも、締め切りを目前にして従業員たちにやる気があるのはいいことだ。

今も、水木は必死になって総勘定元帳のつけ合わせをしているし、本田と榎田は一階で棚卸しをしている。紺野は今会社にいないが、明後日の夏祭りに向け、町会内を回って出店の数や神輿が回るルートなどの最終確認をしているはずだ。

(一応明日までに間に合うにしても、徹夜は免れないかな……)

そんなことを思っていると、一階から本田と榎田が戻ってきた。榎田は玲司を見ると、折り目正しく現状を報告した。

「棚卸し終わりました。細々した車のアクセサリーも売っているので手間取りましたが」

「お疲れ様です。あとは管理上の数と実棚数をまとめて差額を算出してください。本田さんは備品の方の確認をお願いします」

はい、と二人が同時に頷いて席に着く。

そこでようやく、玲司は事務所にひとり足りないことに気がついた。

「……そういえば、加賀美さんは?」

確か夕方くらいまではいたはずだ。通帳の入出金内容について尋ねたら、なんだったかなぁ、と情けない笑みを返された記憶がある。

てっきり下で棚卸しでも手伝っているのかと思っていたのだが、違ったのだろうか。

そうやってあたりを見回していると、水木が手元の資料を手繰りながら口を開いた。

「社長だったら北川組のところ。会費納めに行ってる」

事務所内をさまよっていた玲司の視線がピタリと止まる。そうやって硬直してしまった自分に気づいて思い出したように視線を動かしてみるが、どうにも動きがぎこちない。

帳簿上にせよ言葉の端にせよ、『会費』という言葉が出るといつもこうだ。この会社ではあまりに当たり前に受け入れられているそれに自分はどんな態度で臨めばいいのか、玲司はいつも少し迷う。

会費とはつまり、ヤクザの世界のルールに則《のっと》って納められる上層組織への上納金のことだ。暴力団の息がかかった会社、組織は、すべからくそれを組に納めている。玲司はヤクザ絡みの会社を受け持つことがほとんどだから、これまでにもそういう出費は多く見てきた。大規模なフロント企業になると月に百万単位の出費も珍しくない。

それほどの規模ではないにせよ、このミラー中古車店でも同じようなことは行われていた。社員の給料が払えるかどうかというこの切羽詰まった時期にも会費は当然支払われ、社員もそれに対して不平を言わない。

こういう場面を目の当たりにするときだけは、ヤクザと言うにはあまりにもしがないミラー中古車店の面々も、やはり裏の世界から切っても切れない場所にいるのだと思い知る。

「でも、社長が出てったの大分前だけど。もしかしてもう帰ってんのかな?」

首をひねって無人の社長机を見ていた玲司の背に、水木の眠そうな声がかかる。

振り返った玲司は大きな欠伸をする水木を見下ろすと、そっと溜め息をついた。

長丁場でそろそろ集中力が切れる頃だ。帳簿の転記にせよ計算にせよ、経理作業はとかくミスが発生しやすい。このあたりで少し休ませておかないとケアレスミスが頻発して無駄に仕事が増えかねないと判断した玲司は、手にしていた仕入台帳を水木のデスクの上に置いた。

「少し休憩にしましょう。私は加賀美さんが戻っていないか、三階を見てきますから」

言いながら、榎田と本田にも目配せをする。同時に、三人の肩から目に見えて力が抜けた。

一瞬で空気の緩んだ事務所を突っ切り、玲司も小さく腕を回しながら部屋を出た。

加賀美はミラー中古車店の三階で起居している。バス、トイレ、キッチンも完備されたそこは1DKで、なかなか広い。

三階にやってきた玲司は、廊下を歩いて加賀美の私室の前に立つ。扉は二階の事務所と同じ、上半分が擦《す》りガラスになったスチールのもので、鍵《かぎ》すらついていない。会社内とはいえここで寝起きをしているのに無防備すぎないかと思いながら、玲司は戸を叩いた。

ノックの後しばらく待ったが応えはない。そのまま踵を返そうかとも思ったが、気になってノブを回してみた。中を覗き込むと、玄関から見て右手側、ダイニングキッチンの隣室に繋がる扉が薄く開いていて、中からうっすらと明かりが漏れていた。

やっぱり帰ってきているのかと、玲司は迷わず靴を脱いで室内に上がった。隣の部屋は確か寝室だ。もしも下で働いている従業員たちを置いて眠り込んでいるなんてことがあったら叩き起こしてやると、玲司はグッと掌を握りしめた。

玲司は躊躇《ちゅうちょ》なく扉を開けて中を覗き込む。寝室にはベッドと木製の黒い机、クローゼットくらいのものしかなく、ベッドサイドに置かれたランプが心許《こころもと》なく室内を照らし出している。

ベッドの上には、だらしなく俯《うつぶ》せで眠る、加賀美がいた。

玲司は情けないような腹立たしいような気持ちに襲われ力一杯ベッドを蹴り上げてしまいたくなった。まさかとは思ったが本当に仕事を放り出して寝ているとは。

これは本気で後頭部を殴るくらいはしてもいいだろうかと玲司はベッドの傍らに立つ。そうして握り締めた拳を加賀美に伸ばしたところで、ふと動きを止めた。

黒に近い濃紺の浴衣を着て、加賀美は片足をベッドから投げ出すようにして眠っている。左手はだらりとベッドの端から落ちて、その手には白い鱗が浮かび上がっていた。

ドキリと玲司の心臓が鳴った。そっと加賀美を窺ってみるが、加賀美は完全に枕《まくら》に顔を埋めて動かない。緩やかに肩が上下して、眠っているのは間違いなさそうだ。

それを確認してから、玲司はゆっくりと加賀美の着物の袖へと手を伸ばした。

どうしてだか、気になった。加賀美の左腕でいつも見え隠れする白い鱗が。龍にも、蛇にも見えて、判然としない。よく見えない。

加賀美自身のように――――。

指先が、袖口に触れた。心臓の音が外に漏れてしまうのではないかというくらいうるさい。ごくりと喉が鳴る。次の瞬間、加賀美の左手が突如玲司の手首を摑んだ。

前触れのないその動きに玲司は息を飲む。腕を引こうとするとそれより先に、枕の隙間からくぐもった低い声が聞こえてきた。

「――誰」

玲司は一瞬、それが加賀美の声なのかどうか本気でわからなかった。それくらい発せられた声は低く、思わず玲司は逃げるように後ずさりをした。加賀美の指はそれを強く引き止めることはせずスルリと離れ、次いでのろのろと加賀美がこちらを向く。

色の薄い髪の隙間で、加賀美がゆっくりと目を開ける。その目を見て、玲司は本当に加賀美とは別の人間がそこにいるのではないかと疑い、硬直した。

こちらを見詰めてくるのは、ひどく冷徹な目だった。目の前に立つ者を、味方と敵にくっきりと判別する目。容赦のない冷たい目に、玲司は声を出すことさえできない。ヤクザの事務所で柄の悪い従業員に脅されたときより、裏道で強面の屈強な男たちに囲まれたときより、比較にならないくらい心臓が早鐘を打った。

そうやって立ち尽くす玲司をしばらく見詰めてから、ふいに加賀美は目元を緩めた。

「あぁ……先生か」

瞳と一緒に声音も緩む。腹に力の入っていない気の抜けたような声に、玲司はやっと我に返った。そして、加賀美相手に取り乱してしまった自分に気づかれぬよう、小さく咳払いをしてからことさら尖った声を出す。

「何をのんきな、下で従業員が働いているというのに眠っている場合ですか！」

「今、何時だ……？」

まだ眠た気な声で問われ、十一時を過ぎたところだと答えると、加賀美はさすがに驚いた顔になった。

「こんな時間までまだ仕事してんのか……？」

「当たり前です、中間中告の期限は明日なのに、ちっとも仕事が終わらないんですから」

「へぇ……真面目に仕事してんのか。全員？」

「紺野さんは祭り会場の下見からまだ戻ってませんが、他の方は全員」

驚いたような加賀美の顔に、ゆっくりと笑みが広がる。横顔を枕に埋め、ベッドに身を沈めたままの状態で、加賀美は小さく口角を持ち上げた。

「全員参加か。あいつらがそんなに真面目だったとは知らなかった」

社長の言い種とも思えないな、と玲司が片眉を吊《つ》り上げると、続けざまに加賀美は言った。

「あんたの指導の賜物《たまもの》だな」

それは、トン、と玲司の胸を衝く言葉。なかなかやるな、と小突かれたような、からかうような色も混じる声はなんだかやけにくすぐったくて、玲司はそれを振り払うように力強く加賀美の肩を摑んだ。

「そうですよ、皆さん真面目に仕事をしているんです！　それなのに社長の貴方がそのざまでどうするんです！　とっとと起きなさい！」

グッと加賀美の左肩を摑んで体を起こそうとする。が、加賀美の体は砂袋のように重く捉えどころがない。まったく体に力が入っていないようだ。

起きる気がないのか、と怒鳴りつけようとすると、加賀美がゆるりと目を閉じた。

「起きたいのはやまやまなんだが、動けん」

「何を言っているんです、ふざけるのもいい加減に——……」

「腹が減って動けない」

玲司は眉間に深い皺を寄せる。子供の言い訳でもあるまいし、他に言いようはなかったのかと呆れてすぐにはものも言えないでいると、突然室内に加賀美の腹の音が鳴り響いた。

その音が鳴りやむのを待って、玲司はゆっくりと腕を組む。

「実際貴方が空腹なのはわかりましたが、だからと言って眠っていい理由には……」

「眠るというより、気が遠くなっちまってな……」

加賀美の声が、段々と細くなっていることにそこでようやく玲司は気づく。よく見れば、加賀美の頬は白く透き通って、唇にも色がない。

これは何かがおかしい、と玲司が気づいたとき、加賀美が乾いた唇を力なく開いた。

「……例の車を買うために自分の口座からも全部金を下ろしちまったもんだから、手元に一銭もなくて……ここ四、五日、ろくなもん食ってねぇ……」

組んだ腕の上で苛立ったように指先を上下させていた玲司の手が、ふいに止まった。

確かに、あの真っ青な高級車を買うために加賀美が会社中の金と自分の通帳の金をかき集めたという話は聞いていた。聞いてはいたけれど、まさか生活に困窮するほどとは思わなかった。普通は思わない、会社の金を使い込むことはあっても、会社のために自分の生活費をつぎ込むなんて馬鹿な話は滅多に聞かないからだ。

聞かないが、加賀美はそれをやってしまった。硬直していた玲司の肩先が小さく震え出し、次の瞬間、玲司は遠慮なく声を張り上げてこう言っていた。

「貴方って人は――……馬鹿ですか！」

窓の下を電車が通り過ぎる。玲司の怒声は走り去る轟音《ごうおん》に攫《さら》われ、その音が遠ざかった頃、加賀美がひっそりと笑った。

「……まぁ、馬鹿だろうな」

自覚があるだけまだマシだろう、と呟いて、それきり加賀美はまた眠りに落ちてしまった。

「食べなさい！」

十分後、ミラー中古車店三階の加賀美の寝室には、息を切らせて加賀美にコンビニ弁当を叩きつける玲司の姿があった。

牛カルビ弁当で横面を張られた加賀美はゆっくりと意識を浮上させ、薄目を開けると相好を崩した。

「なんだ、やけにいい匂いがすると思ったら美味《うま》いもんでも作ってくれたのか……」

「作ってません、残念ながら料理は不得意です。コンビニで買ってきたものですが文句言わずに食べなさい」

加賀美は小さく鼻を鳴らし、目の端で揺れるコンビニ袋を見てやっとのろのろと身を起こした。重い体を引きずるようにベッドの上に起き上がった加賀美は、膝の上に投げ落とされたコンビニ弁当を見下ろし、続いて眩し気に玲司を見上げる。

「これは経費で落ちるのか」

「なんの心配をしているんです。これは私がおごって差し上げますから、早く食べてください」

へぇ、と加賀美が目を細める。それから再び視線を落とすと、弁当についていた割り箸《ばし》を手に取ってひっそりと呟いた。

「優しいところもあるんだな、先生は」

玲司はそれにグッと言葉を詰まらせる。優しい、なんて滅多に言われない言葉で、自分にはまったく似合わない。それなのに、とっさに反論の言葉が出てこない。

これも仕事の一環です、とか、雇用主に倒れられると給料が出ません、とか、やっと思いついたときにはもう、加賀美は箸を持った両手を顔の前で合わせていた。

「それじゃあ、ありがたくいただきます」

きっちりと頭まで下げてから、加賀美は箸を口に咥えて割り箸を割った。

加賀美はやはり相当腹を空かせていたらしく、カルビの乗った米をざっくりと箸に乗せて口一杯にそれを頬張る。メガ、と銘打たれたはずのカルビ弁当はあっという間に加賀美の口の中へと消えていき、それはいっそ見ていて清々《すがすが》しいくらいの食べっぷりだった。

室内にカルビの甘辛い匂いが充満する。玲司は脇目も振らず弁当を貪《むさぼ》る加賀美をしばらく見下ろしてから、壁際に置かれた椅子をベッドの側に引き寄せて腰を下ろした。

ガツガツと弁当を口に運ぶ加賀美を、なんだかもう少し見ていたかった。長時間に及ぶ仕事に疲れていたせいもあるかもしれない。玲司はまだ手にぶら提げたままだったコンビニ袋からウーロン茶のペットボトルを取り出し、それを掌の上で転がした。

「本気で自分の生活費まで使い込むなんて、どうかしています」

唐突にそう呟いてみると、加賀美は視線を弁当に落としたままくぐもった声で、そうだな、と答えた。先程自分でも言った通り、どうかしている自覚はあるのだろう。

加賀美の考えていることは本当にわからない、と思いながら玲司は溜め息をついた。

「お金がないのなら、どこかから借りればいいでしょう。銀行とか」

「今時銀行はうちみたいな個人経営主に金なんて貸してくれないだろう」

「だったら、消費者金融だってあるでしょうに」

加賀美は膝に乗せていた弁当からやっと目を上げると、真顔で言った。

「あんな腹黒い奴らに借りると後が恐い」

自分だってヤクザのくせになんて言い種だ、と呆れるような、ヤクザだからこそその言い種なのか、と穿《うが》ってしまうような、複雑な気分で玲司は椅子の背に頬杖《ほおづえ》をつく。

「だったら、北川組に借りることはできなかったんですか？」

仮にも北川の息がかかった会社だ。泣きつけば少しくらい借りられるのではないかと玲司が尋ねると、加賀美は口の端についた米粒を親指で拭って小さく笑った。

「そりゃないな。むしろうちは北川から搾《しぼ》り取られてる立場だ」

「……そのわりには北川から安価に車を譲られているようですが？」

むしろ優遇されているのではないかと目顔で尋ねると、加賀美は薄赤い生姜《しょうが》を口に放り込んで、奥歯でガリガリと噛み潰《つぶ》した。

「あれは問題車を押しつけられてるって言うんだよ。汚れ役ってやつだ」

「でも、おかげで利益は出ているんでしょう？」

まぁねぇ、と呟いて、加賀美は斜め上を見上げる。

「でも、うちはあんまり北川と親密にやってるわけじゃない。ただ俺の親父《おやじ》が北川の構成員だったから、なんだかんだと縁があるだけで――……」

「お父さん、ですか」

玲司の右手と左手を行き来していたペットボトルが、ふいに止まった。ほんの少し、玲司の瞳が揺れる。自分で口にしたのに、お父さん、という言葉を使ったのは随分久方ぶりのようでなんだかギクシャクした。

そんな玲司の反応には気づかず、そう、と加賀美は顎を引く。

「俺自身は毎月会費納めてる以外はほとんど北川と接点なんてない。あと……紺野と本田がもともと北川の人間だっていうだけで」

「水木さんと榎田さんは違うんですか？」

「あー、水木は家出少年、榎田さんはリストラされて路頭に迷ってた元サラリーマン。北川の組長と会ったことすらない」

それだけだよ、と加賀美は言う。相変わらず、カルビ弁当を頬張った不明瞭《ふめいりよう》な声で。

「……でも紺野さんと本田さんは、北川組から直々《じきじき》に派遣されてきているんでしょう」

派遣か、と玲司の言葉を繰り返し、加賀美は少し考えるように言葉を切った。

「うちはねぇ、先生……まっとうなヤクザじゃないんだ」

まっとうなヤクザ。

その言葉を胸で反芻して、なんと珍妙な言葉かと玲司は思う。ヤクザからしてまっとうでないのに、それに輪をかけてとはどういうことか。

けれど加賀美は牛肉の上に生姜を乗せ、自分の言葉に納得したように頷いている。

「俺を筆頭に、ここにはヤクザにすらなりきれなかった奴が集まるんだ。なりそこないなんだよ。紺野と本田もそうでさ、言っちまえばあいつらは体よく北川組を追い出されたんだ」

「……何か揉め事でも起こしたんですか」

まさか、と首を振って、加賀美は生姜と肉を一緒に箸に乗せる。

「そんな気骨もないいんだよ。紺野はもともと詐欺師で、まぁ口は上手いし顔は綺麗《きれい》だし手口も巧妙なんだが、いかんせんやる気がない。できれば面倒事には関わりたくないって気質がモロに出てて、組織の中では使い物にならない」

加賀美の言葉に耳を傾けながら、玲司は赤茶けた髪を気だるくかき上げる紺野の横顔を思い出す。そういえば中間申告をするという話になったとき、最後まで渋ってやりたがらなかったのは紺野だった。

「本田は元プロレスラーなんだが、あいつは優しすぎる。昔リングの上で対戦者に大ケガさせちまったことがあって、以来相手に技をかけられなくなった。体格もいいし、実際腕っ節も抜群に強いから用心棒として北川に雇われてたんだが、いざ乱闘になるとでくの坊みたいに立ち尽くして殴られるがまま、蹴られるがままだったそうだ」

本田のぎゅっと押し固めたような、背は高くはないががっちりと肉のついた体格を思い出し、本当にレスラーだったのか、と玲司は妙に納得する。そして、無口だが彼が一番自分には素直に従ってくれることも。

やる気のない詐欺師に優しすぎるプロレスラー、さらに家出少年とリストラサラリーマンでは、確かにヤクザと呼ぼうにも格好がつかない。

だったら、加賀美はどうなのだろう。貴方は、と玲司が問いかける直前、それまで淀みなく箸を動かし続けていた加賀美が急にむせた。喉に米でも詰まったか、苦し気に咳をする加賀美に、玲司は慌てて身を乗り出す。

「何してるんです、お茶飲んでください、お茶」

そう言って、玲司は手にしていた五〇〇ミリリットルのペットボトルを差し出す。加賀美はまだ小さく咳《せ》き込みながら、左手でそれを受け取ろうとした。それが左手だと玲司が強く意識したのは、浴衣の袖から白い鱗が見えたからだ。

けれど、確かにペットボトルを受け取ったはずの加賀美は、玲司の手が離れるとすぐさまそれを床に落としてしまう。手元が狂った、というより、指に油でも塗られていてスルリと滑り落ちてしまったかのように。しっかりしてください、と玲司が床に転がったペットボトルを拾い上げて差し出すと、なぜか加賀美はそれを受け取らず、コン、と小さく咳をしてから玲司を見上げた。

「先生、蓋《ふた》開けてくれないか」

玲司は加賀美を見下ろして、眉を吊り上げる。その顔のまま、申し出を言下に切り捨てた。

「いい大人が何を甘えたことを。これくらい自分で開けてください」

えー、と子供のような声を上げたものの、諦めたのか加賀美はいったん箸を置いた。それから右手でペットボトルを受け取る加賀美に、玲司は微かな違和感を覚える。

最初は思い違いかとも思った。だが、しばらく加賀美が食事をする光景を眺めているうちに、その違和感はいっそう大きくなる。

まず加賀美は、左の脇でペットボトルを挟んで固定して蓋を開けた。随分と固いものでも開けるような仕種をする、と玲司が思う間に、ウーロン茶をひと口飲んだ加賀美は蓋を開けたままのペットボトルを床に置き食事を再開した。膝の上に弁当を置き、左手は軽くそれに添えられただけで、ペットボトルを手に取るときは、必ず加賀美はいったん箸を置いて右手を使う。

そういう様をしばらく見て、ようやく玲司は気がついた。

加賀美は極端に左手を使おうとしないのだ。

右利きの人間ならば、多くは右手を使って作業をするが、補助的に左手だって使うものだ。それなのに、食事の間中加賀美はほとんど左手を動かさなかった。床に置かれたペットボトルを右手で持ち上げるとき、飲み口に近い部分を掴んでそのまま口に運ぶので不自然な格好になってしまうというのに、加賀美は左手で容器を持ち替えることをしない。

普通なら、見逃してしまうような些細《ささい》なことだ。けれど、こうして真正面から加賀美が食事をする様を見ていたらどうしても気になった。思い返してみれば加賀美は普段からあまり左手を使わない。左手は、いつも浴衣の脇から懐に入れられている。

単純に刺青を隠しているのだと思っていたが、もしかすると、別に理由があるのか。

玲司はしばらく迷ったものの、知りたいと思う気持ちに歯止めがかけられず口を開いた。

「器、きちんと持って食べたらどうです。行儀が悪いですよ」

膝に弁当を乗せ、背中を丸めて食事を続ける加賀美が顔を上げる。しかし間の悪いことに加賀美は丁度最後の一口を口に放り込んだところだ。

不自然な左手の動きを気にするあまり完璧にタイミングを逃していた玲司は、自分の失態に気づいて深く眉根を寄せる。その表情をどう読み間違えたのだか、加賀美はバツが悪そうに後ろ頭を掻いて口の中の物を飲み込んだ。

「育ちが悪いもんで、申し訳ない」

「そういうことでは……」

「でも、使えないんだわ」

カタリと弁当の蓋を閉め、目を伏せて加賀美は言った。口元には淡い笑みを浮かべたまま、なんてこともない世間話でもするような口調で。

玲司はとっさになんと答えればいいのかわからない。使えない、という意味が俄かには理解できず、ジッと加賀美の顔を見てしまう。そこに答えが書いてあるわけもないのに。

加賀美は玲司の視線に気づくと顔を上げ、自分の顔の横でひらひらと左手を振ってみせた。

「昔ね、ちょっと事故でやっちまって、動かすことはできるんだが握力がほとんどない」

左手を使って割り箸を箸袋にしまいながら加賀美が言う。確かに、こうしていると加賀美は遜色《そんしょく》なく左手を使っているように見える。けれど直前に加賀美が未開封のペットボトルを取り落としていたのを思い出し、玲司は返す言葉を失った。

手の中から、スルリと滑り落ちていった五〇〇ミリリットルのペットボトル。指先にはまったく力が入っていないようだった。咳き込んでとっさに手を出したせいもあるかもしれないが、それにしても——……。

すみません、と思わず謝ってしまいそうになった。だが、そんなことを言う方が加賀美に失礼なような気がして、結局玲司は何も言えない。

いたたまれず膝の上で指を組み直すと、加賀美がそんな空気をぶち壊すように盛大な欠伸をした。空気なんてちっとも読んでいない気楽さで、懐に左手を突っ込んで脇腹を掻く。

「ほら、だからさ、うちはまっとうなヤクザじゃないって言うんだよ」

まだふわふわと欠伸を噛みながら、加賀美は玲司の顔を正面から見て目を細めた。

「なりそこないってのは俺のことだ。片腕じゃあヤクザにもなれない」

武器も上手く扱えないし、と、物騒なことをのんびりとした口調で言って、加賀美は首を回した。

「さて、腹も一杯になったし、そろそろ仕事に戻るか」

ご馳走様《ちそうさま》、と玲司に笑みを投げてよこし、加賀美は身軽にベッドから立ち上がる。つい先程まで、空腹で行き倒れたようにベッドに突っ伏していたのが嘘のように。

短時間でいろいろなことを聞かされ、まだ上手く自分の中で消化できていないのは玲司の方だ。けれど加賀美は戸惑う玲司を置いて階下へ向かおうとするから、玲司も慌てて立ち上がる。

二階の事務所に戻ると、扉を開けた瞬間中から白い煙が漂ってきた。

加賀美は顔の前で手を振って、こちらに背を向けて椅子に座る紺野をじろりと睨む。

「紺野、煙草は下って言ってるだろうが」

目元を拭いながら加賀美が低い声を出すと、従業員たちが一斉に顔を上げた。

「あれ、社長やっぱり帰ってたんだ？」

そう言って腰を浮かせた水木の横で、榎田が几帳面《きちょうめん》に「お疲れ様です」と頭を下げる。

本田もそれに続いて、最後に紺野が咥え煙草で振り返った。

「なんだ、てっきりもう眠ってるんだと思ってましたよ」

「馬鹿、下でお前らが働いてるっていうのに寝てられるか」

「朝はいつも俺たちが来てからもしばらく寝てるじゃん」

水木が口を尖らせる。加賀美の後ろで、さっきだって寝てたでしょうが、と口を挟みたくなるのを耐え、玲司も一緒に事務所へ入った。

「で、どうだ。仕事は終わりそうか？」

涙目で目を擦るという情けない格好で、それでも加賀美はゆったりと従業員たちに問う。途端に、夜の事務所が活気づいた。

「やっと終わりが見えてきたよ！　正直もうダメかと思った！」

「私も、この資料を税理士さんにチェックしてもらったら、自分の仕事は終わりです」

「あー、だったら榎田さん俺の仕事手伝ってくださいよ。祭りの出店一覧表と地図もらってきましたからやばそうなところチェック入れて、あとタイムスケジュールの確認と神輿のルート地図に書き込んで……」

室内にザワザワと人の声が重なる。それを、加賀美が満足そうに見ている。

先程は従業員たちをヤクザにもなりきれないなんて貶《けな》していたくせに、彼らを見る加賀美は随分と愛着のあるものを見るような目をしていた。

「そういえば社長、祭りの衣装も買ってきましたよ」

やっと煙草を灰皿に押しつけた紺野が振り返って加賀美に大きなビニール袋を手渡す。加賀美はその中を覗き込んで目元をほころばせた。

「お、今年もなかなかいいもん揃えたな」

でしょう、と紺野が得意気に口の端を持ち上げる。玲司も横から中を覗き、小さく目を見開いた。

「……なんです、これ」

「ん？　何って、半被とか浴衣とか、あとお面と……おお、狐《きつね》とひょっとこ」

問われるまま加賀美が袋の中からヒョイヒョイと取り出したものを見て、玲司は目頭を強く指で押さえた。

警護中、祭りの雰囲気を壊さないように必要なものだとはいえ。なんだろう、この……祭りの前日に子供が大はしゃぎで買ってきたような品物の数々は。

「……それは会社の経費で買ってるんですか？」

「そりゃそうだ、一応北川からはうちの会社宛に依頼がきてるわけだし、報酬も出るし」

加賀美が答える後ろで、紺野が椅子を回して玲司を振り返る。

「領収書ならちゃんともらってるぜ」

人差し指と中指で領収書を挟んだ紺野がそれを翳し、玲司は小さく眉を吊り上げた。

「当然すべきことをしただけなのに得意気な顔をしないでください。……大進歩なのは認めますがね」

ふん、と紺野は鼻を鳴らして再び椅子を回す。

向かいに座る水木に紺野が領収書を手渡すのを見届けて、玲司は水木に尋ねた。

「水木さん、今回の浴衣と半被の勘定科目は？」

「何それ、難易度高すぎるだろ。……雑損費でいいんじゃね？」

「適当な判断をしないように。では、これが制服として支給されるとしたらどうですか？」

「福利厚生費」

ほとんど間をおかず答えが返ってきた。それこそ当然だ、という顔で、水木は玲司を見もせずに領収書をノートに貼《は》りつけている。その様を見て、玲司は唇の端を持ち上げた。

ふと、視線を感じた気がして横を見ると、加賀美が腕を組んで玲司を見ていた。口元にはやっぱり満足気な笑みが漂っていて、他の社員を見るのと同じように加賀美が自分を見ているのだと思ったら、なぜだか玲司の頬にカッと赤みが差した。

「…っ…夜明けまでには片づけますよ！　夏の夜は短いんですから作業に取りかかってください！」

気がつけば声を張り上げていた。それを受け、全員が仕事に戻っていく。どこからも、文句の声は上がらない。

その光景に、いつの間にこんなに会社らしくなったのか、と玲司は思う。嬉しいような、誇らしいような気持ちで。けれど左隣からはまだ加賀美の視線を感じる気がして、玲司は頑なに表情を緩めない。

時計を見上げる。時刻はそろそろ深夜の一時を回るところだ。

事務所の前のローカル線はとうに終電を終え、虫の声だけが響く室内で、まだしばらく仕事は続きそうだった。

七月末日、早朝五時。ミラー中古車店の中間申告書は無事完成した。

どこに提出されることもない資料だが、これが完成したという事実が大きい、と玲司は思う。ここに至るまでに全社員が連携して仕事をした証拠だし、これによって経理の知識や普段からの帳簿の整理の必要性は確実に学べたはずだ。

中告書の資料作りと祭り会場警備の段取りを並行して行った従業員たちは、朝もやの残る道を駅に向かって歩いていった。疲れ果ててはいるものの、何かを達成した後の充実感に満たされた彼らの後ろ姿が遠ざかる。

徹夜明けなのにまだ体力が余っているのか、はしゃいで走る水木の姿を二階の事務所から見下ろし、玲司はひっそりと笑みをこぼした。

「お疲れ、先生」

背後から声がかかる。振り返ると、懐に手を入れた加賀美が窓辺に近づいてくるところだ。

「結局朝までかかっちまったな」

「……終わっただけマシです」

確かに、と苦笑した加賀美も窓辺に立って、遠ざかっていく水木たちの姿に目を眇めた。

「怒濤《どとう》の勢いで仕事をこなしやがったな、あいつら」

頷いて、特に最後の数時間は凄かった、と玲司は思う。小さな歯車がかちりと嚙み合って、淀みなく仕事が回っていく様は圧巻だった。この事務所を訪れた当初は、まさかこんなに真面目に、合理的に仕事をする彼らの姿を目の当たりにするとは思ってもみなかった。

「やればできるんだ、あいつらも。やらざるを得ない状況さえ与えてやればな」

つい先程までの喧騒《けんそう》が嘘のように静まり返った事務所で、加賀美の声はやけにひっそりと響く。玲司が徹夜明けのぼんやりとした頭で重たい瞬きをすると、ふいに加賀美が玲司の方を向いた。そうして改めて玲司と向かい合い、加賀美はゆっくりと頭を下げた。

「あいつらにこういう機会を与えてくれて、ありがとう」

玲司の目に、霞《かすみ》がかかる。朝霧のように。窓の向こうは青白く、ガラス越しに蜩《ひぐらし》が鳴き交わす声が聞こえる。静謐《せいひつ》な空気に満ちた事務所で、なんだか意識を手放してしまいそうだった。張り詰めていたものがフッと溶ける感覚に、眩暈がする。

そのまま本当に膝から力が抜けてしまいそうになって、玲司はガラス窓にこつんと額を押しつけることでなんとかそれを食い止めた。

「……その言葉だけで、十分です――……」

唇からは、溜め息のような声しか漏れなかった。瞼《まぶた》が急に重くなる。

そのまま朝霧と共に溶けていこうとする意識を引き止めたのは、加賀美の突拍子もない言葉だった。

「とりあえず、上で仮眠でもとってきたらどうだ。その調子じゃ祭りでへばっちまうぞ」

祭り、と口の中で呟いて、玲司は閉じかけていた目をバチリと開けた。

なぜ今祭りの話が出てくるのか。わからなくて加賀美を見上げると、加賀美はにっこりと笑って、こう言った。

「夏祭り、アンタも来るといい」

その言葉を理解するが早いか、玲司は思いきり首を横に振っていた。

だって冗談じゃない、今すぐにでもベッドに飛び込みたいというのに、暑い日差しの中祭り見物なんてしていられない。

本気で拒絶を示した玲司に、けれど加賀美は怯まない。いったん窓辺から離れて紺野の席に近づくと、デスクの上に置かれていたビニール袋の中を探り出した。

「いやいや、ちゃんとアンタの分の浴衣も買ってあるし。下駄《げた》だって……」

「はっ？　どうして私の分まで⁉」

「ここまでつき合ってもらったんだから、先生には祭り当日までおつき合い願おうかと」

「謹んでお断り申し上げます！」

「まぁまぁ、ほら、見ろよこれ」

言いながら嬉々として加賀美が取り出したのは、紺の地に黒と白の縞が入った浴衣だ。

「俺より身丈が短いの買うように伝えておいたから、多分問題ないと思うぞ」

「ちょ…っ…なんだってそんな……大体、私は着つけなんて知りません！」

言葉にした途端、玲司は自分の論点がずれていることに気がついた。いや、そこは言及すべきポイントではない、と我に返ったところで、加賀美が笑みを深くした。

「だったら俺が教えてやるから」

ほら、やっぱり。そういう流れになるに決まっていたのに。

わかっていたのに口が滑った。徹夜明けで、思考が正常に動いていない。

そういうことでなく、と慌てて言い返したときにはもう、加賀美は浴衣と帯を手に窓辺にやってきている。

「女と違って男はそんなに難しいことないんだよ、おはしょりなんかも必要ないしな」

「ちょ、き、着ませんよそんな……！　祭りにだって行かないと言っているでしょう……！」

「いいから、袖通すだけでも」

あっという間に玲司の背後に回った加賀美は、玲司の肩にバサリと浴衣をかけてしまう。

最初は頑なに拒んでいたものの、ほら、と再三促され、玲司は渋々浴衣に袖を通した。

「……ごわごわします」

「そりゃあジャケットの上から浴衣羽織ったらそうなるだろ」

明け方近くまで仕事をしていたくせに、ジャケットどころかネクタイすら緩めていない玲司は、けれどジャケットを脱ぐのも億劫《おっくう》でそのまま前をかき合わせる。

「で、これに帯を巻いてやればいい」

玲司に浴衣の袂を持たせ、加賀美は玲司の前に立って手早く帯を締め始めた。睡眠不足の玲司はなんだか段々とどうでもよくなってきて、加賀美のするに任せてしまう。

「帯の締め方もそんなに複雑じゃなくて……こうして、えー……と」

「……複雑じゃないわりには手間取っているようですが」

「いや、自分のじゃないと勝手が違うもんだから」

加賀美はガリガリと頭を掻くと、やおら玲司の後ろに回り込んだ。ちょっといいか、と呟いた加賀美の声が、随分と耳の側で聞こえた。低いそれに、玲司の心臓が鈍く震える。

次の瞬間、玲司は腰を抱き寄せられ、背中に加賀美の広い胸が押しつけられた。

「あぁ、そう、こうだ」

加賀美の声が、近い。頬に息を感じる。状況を把握するには時間がかかった。

気がつけば、玲司は加賀美に後ろから抱き竦められる格好になっていた。

「な――…っ…」

眠気など、木っ端微塵《みじん》に吹き飛んだ。鼓動が跳ね上がって、加賀美の胸に触れる背中が一

瞬で熱を帯びた。胸の内側を、ドンドンと心臓が叩く。動けない。

完全に硬直する玲司には気づかず、加賀美は後ろから玲司の腹のあたりに回した手元を覗き込む。玲司の肩に顎を乗せるようにして、時々首を傾げながら。

加賀美の髪が頬を撫でた。首筋に息がかかる。何もかもが近い。加賀美の長く節の高い指が腹のあたりで丁寧に帯を結び、玲司は奇妙な感覚に襲われる。

服を着せられているのではなく、なんだか逆に、脱がされているような——……。

そう考えたとき、体の奥からザァッと熱い血が湧《わ》き上がって玲司の全身を満たした。背後に立つ加賀美の気配が濃密になって、触れる部分から伝わる体温も鮮明になって、唐突に、もしも、と玲司は考える。

もしもこのまま、加賀美が両腕に力を込めたら。帯も何もかも放り出して、力一杯玲司を抱きしめてきたら——。

そこまで考えて、玲司はゾッとした。

自分はいったい何を考えているのか。同性相手に、加賀美相手に。

けれど想像したそれは不快ではなく、そのことがさらに玲司を恐怖に誘う。

「どうだ、苦しくないか？　というより、むしろ緩いのか。……ん、どうした？」

しばらくして、いつまでも微動だにしない玲司の異変にやっとのことで加賀美が気づいた。肩口から顔を覗き込まれ、予想外の近さに玲司は完璧に平常心を失った。

直前に妙なことを考えてしまっただけにいっそう冷静さを欠いた玲司は、加賀美の腕の中で相変わらず指一本動かせないまま引きつった声を上げる。

「も、もう結構ですから……離してください……」

「え、もう覚えたのか？　一発で？」

「お、覚えましたから……早く！」

「じゃあちゃんとひとりで着つけて昼過ぎにここに来られるな？」

「来ますから！」

口にしてから、しまった、と思ったがもう遅い。加賀美の手がスルリと離れ、背中に触れていた温みが遠ざかる。よろけるように前に踏み出し振り返ると、加賀美はうっすらとした笑みを唇に乗せてこちらを見ていた。

「それじゃあ先生、また後で」

緩く腕を組むとき浴衣の袖が翻り、加賀美の左手に白い鱗が見え隠れした。それが朝の光に反射して目に刺さった――――気がして、玲司は呪縛から解き放たれたように事務所を飛び出す。かろうじて、扉の側にあった自分の鞄だけ手に取って。

事務所を出て、浴衣を脱ぎながら階下に下りてもまだ心拍数は上がったままだった。

加賀美の息がかかった頬が熱い。背中に触れた加賀美の胸や、体に回された腕を思い出すと、また心臓が暴れた。

（寝不足のせいだ、徹夜明けだから、だから、今の私はどうかしている——……！）

そう結論づけ、丸めた浴衣を抱えて玲司は駅への道を急ぐ。

この道を行く間、もしかするとずっと加賀美は二階の事務所から自分の背を見ているのかもしれないと思ったら耳が熱くなって、とても後ろなど振り返ることはできなかった。

◆
◇
◆

曇天の空の下、遠く連なる人の波。

普段は車が行きかう駅前の大通りも今日は交通規制をして、広い道はたくさんの人で賑《にぎ》わっている。道の両側を出店の華やかな看板と明るい電球が彩る。

時刻は夕方五時過ぎ。最盛の時分、日が落ちるにはまだ早い。

そんな祭りの賑やかさをよそに、玲司は仏頂面で団扇《うちわ》を扇いでいた。大通りの片隅にひとり立って、その身には加賀美から受け取った浴衣を着て。

今日の明け方、逃げるようにミラー中古車店を飛び出して帰宅した玲司は、いろいろな思考から逃れようと、ほとんど気を失うように眠りに落ちた。それから数時間後、徹夜明けの泥沼じみた眠りから玲司を引きずり出したのは、携帯の呼び出し音だった。

発信先は加賀美。寝ぼけた耳に『早く来ないと置いてっちまうぞ』と流し込まれ、早く早く悟《せ》かされて、どうやらお断りするという選択肢はないようだと早々に悟って玲司は自宅を出た。

事務所に着いてみると、水木と榎田は鮮やかな水色の半被を着て、紺野と本田は深緑の祭り半纏に身を包み、そして加賀美は、真っ白な浴衣を纏って玲司を待っていた。

自宅から浴衣を着ていくのはさすがに気恥ずかしくスーツで事務所へやってきた玲司は、慌ただしく水木に手を引かれ応接室で浴衣に着替えさせられた。聞けば、今日の加賀美の着つけも水木がやったのだそうだ。

社長は着つけが下手だから、と水木は言ったが、それはたぶん加賀美の左手が不自由だからだろう。いつもだらしなく胸がはだけていたのも、きっとそれが理由だったのだ。

そんなことを考えている間に浴衣に着替えさせられた玲司は、本田の運転するワンボックスカーでミラー中古車店の従業員と共に駅前まで連れてこられた。従業員たちはあっという間に持ち場に散って、だから玲司はこうしてひとりで大通りの片隅に立っている。

まったく何をしているのだか、と駅前で配られていた電気量販店の団扇で温《ぬる》い風を扇いでいると、多くの人が行きかう喧騒の中で、聞き慣れた声が耳を打った。

「なんだ、アンタまだこんなところにいたのかよ？」

振り返ると、半被姿も板についた水木が人ごみをかき分け玲司の元にやってくるところだ。

「ずっとここにいなくても適当に俺らが見つけてやるから、好きな所に行っていいんだぞ！」

水木の言葉に玲司は肩を竦める。

今朝方《けさがた》加賀美に叩き起こされ、祭りなんてひとりで行っても仕方がない、と断る口実に呟いた玲司に加賀美が用意したのはこんな解決法だ。会場内の警護をしているミラー中古車店の面々が、遠くから玲司を見つけるたびに声をかけてくれるというのである。現に、先程は榎田が律儀に頭を下げてくれたし、本田はカキ氷まで持ってやってきてくれた。

玲司は団扇で首筋に風を送りながら水木を見下ろす。

「別に、私に構わず警備に集中してもらって結構ですよ？」

「警備もちゃんとやってるよ。でも、社長から言われてんだ。アンタから目を離すなって」

広い会場内を隈《くま》なく回っているせいだろう。水木の頬には汗が光っている。自分は随分と子供扱いされているようだと、玲司は諦めの混じる笑みを口元に浮かべた。

水木は腰にぶら提げていたペットボトルの水を呷《あお》って、顎を滴る汗と一緒に水を拭うと大通りを指差した。

「ほら、そろそろ山車《だし》が通る。社長たちあの辺」

え、と首を伸ばすと、確かに大通りの両脇に人が集まっている。目を凝らせば、遠くから賑やかな祭り囃子の音色と共に豪華な山車が連なってやってくる。

大きな屋台のような山車は、金や朱のきらびやかな装飾が施され、中にはお囃子隊やお面をつけた舞い手などが乗っている。半纏を着た数人の男たちが前と後ろから山車を押し、山車と山車の間には獅子舞もいるようだ。その傍らには、ひょっとこのお面をつけ、おどけた調子で軽やかに跳ね回る踊り手の姿もあった。

さてどこで山車を引いているのだろう、と目を凝らした玲司だが、どこにも見知った顔はない。不思議に思って水木を振り返ると、水木は水を飲みながら、あれ、と一行を指差した。

「あのひょっとこつけて踊ってる人、榎田さん」

えっ、と玲司は息を飲む。あの、一際ひょうきんな動きで人目を惹《ひ》いているのが、榎田？

普段は髪の一筋も乱さぬオールバックで折り目正しく仕事をこなす、あの男が？

とても信じられずに榎田と思われるひょっとこを凝視していると、水木がぽつりと呟いた。

「あの人は真面目すぎるんだよ。仕事となればなんでもやっちゃう。でも真面目すぎて融通利かない。嘘もつけない、お世辞も言えない、言っちゃいけないことも平気で口にする」

どことなく乾いたその口調に、玲司は再び水木へと視線を戻した。言われてみれば確かに、榎田は玲司の問いになんでも答えた。本来ならば外部に流すのをためらうような情報も、包み隠さず、聞かれたから、と。

「だから前に勤めてた会社では上司に嫌われて、相当なパワハラ受けてたんだってよ。で、とうとう追い詰められて橋の上からジッと川底見てたところを社長に拾われたんだって」

――なりそこないなんだよ、という加賀美の言葉が、唐突に耳に蘇《よみがえ》った。直後、そんな彼らを愛《いと》し気に見詰める加賀美の横顔も。

ふいに、加賀美は社会から弾《はじ》き出されてしまった者たちをなんとか拾い上げようとしているのではないかと思った。そうして彼らの居場所を作っているのではないかと。

「……貴方は？」

喧騒の中、相手に届くかギリギリの声で尋ねてみると、水木は聡《さと》い犬のようにすぐさま視線を上げた。そうして玲司の顔を見返して、またふいっと視線を逸らす。

「俺は電話番募集って張り紙があったから、転がり込んだ」

水木の言葉は、そこで途切れる。それ以上自分のことを語るつもりはないようだ。それでもしばらく水木の横顔を見ていると、水木がスッと右手を上げた。

「あそこ、社長」

水木が指差す方を見ると、山車と山車の間に白い浴衣が見え隠れした。裾と袂に薄く紺のグラデーションがかかった涼し気な浴衣と、黒い帯。事務所で加賀美が着ていたものだ。

人ごみの中でも一際目立つ、白い浴衣を着た長身の男。男は白い狐の面をつけ、山車を追い抜いたり、追い越されたりしながらゆっくりと大通りを歩いていく。歯の高い下駄を履いて、歩くというより跳ねるような足取りで。

大きく一歩前に跳ねて、半身を返して後ろに飛び退《すさ》る。よく見ると右手首に鈴をつけている。狐を模しているのか、緩く握られた手が上下に動くたびに、聞こえるはずもない鈴の音が響いてくる気がした。この喧騒で、耳に届くはずもないのに。

「……目立つなぁ、社長」

隣でぼんやりと水木が呟く。確かに、山車の間を行きつ戻りつする加賀美の姿はやけに人目を惹いた。時々跳んで、緩やかに体を曲げ、狐の面で天を仰いで。

山車の上より動ける範囲が広いだけに余計目立つのだろう。大通りの脇に並んだ観客の多くは、山車の上の舞い手より、加賀美の姿を追っているように見えた。

大通りを進む山車の列が近づいてくる。玲司はそれをぼんやりと見ていた。正確には、山車の間で跳ねる加賀美の姿を。

加賀美が片足を軸にしてぐるりと体を回した。下駄を履いているのにどんなバランス感覚なのか。そうして一回りした後、偶然なのか加賀美は玲司の方を向いて止まる。

狐の面がこちらを見る。赤く縁取られた目の奥はただ暗く表情もないのに、どうしてかその向こうで加賀美が笑ったのがわかった気がした。

先生、と、あの笑みを含んだ声で呼ばれた気がして、ドキン、と玲司の心臓が跳ねた。自分でも驚くくらい、大きく強く。

（……ちょっと、待て……）

玲司は無意識に浴衣の胸元を強く摑む。掌の下で、心臓はまだ鼓動を乱したままだ。宥《なだ》めようとしても上手くいかない。視界に加賀美の姿が入るとまた何度でも暴れ出す。

（睡眠不足か、まだ）

徹夜明けで、後ろから加賀美に抱かれるように着つけられたときと同じだ。普段は整然と統制されている感情が混ざり合う、思考が絡まる、暴走する。

胸元を押さえ、加賀美を視界に入れないように爪先を見詰めていたら、それに気づいた水木が玲司の顔を覗き込んできた。

「どうしたんだよ、具合でも悪くなったか？」

水木の声にちらりと心配そうな気配が漂って、玲司は顔を上げると、口の端に笑みだけ浮かべて緩く首を振った。

「いえ、日射病か何かでしょう」

「あー…、確かに顔赤いな。あっちに救護テントあるけど……」

「大丈夫です、少し日陰で休んできますから」

そう言い置いて玲司がその場を立ち去ると、背後で水木が空を仰いだ。

「……こんなに曇ってんのに……」

空はあいにくの曇天。それなのに、玲司の頬や首筋はまだ熱を残して鎮まらない。

下駄を鳴らし、玲司は大通りから外れた裏道にやってきた。一本道を外れると、途端に人の気配が遠くなる。ビルとビルに挟まれた細い道。少し入ったところにコインパーキングがあって、人通りはほとんどない。

玲司はビルの前の植え込みに腰を下ろして溜め息をつく。団扇で首筋を扇ぎ、ようやく大人しくなった心臓にホッとした。

今日に限って、いったい加賀美の何がこんなに自分の心をかき乱すのか。わからないから強く目を瞑った。そうして理由を考えようとするとどうしても今朝方加賀美に後ろから抱きしめられたときのことを思い出して、たちまち思考は霧散してしまう。考えていたことはすべて指の間からこぼれ落ちるようにどこかへ行ってしまい、耳の熱さだけを自覚する。

（くそ……）

顔が熱い。日射病のせいにしてしまいたい。たとえ空が、厚い雲に覆われていても。

また玲司が深い溜め息をついた、そのときだった。

「今年も派手だなぁ、加賀美の社長は」

ふいに耳に飛び込んできた加賀美という言葉に鋭く反応して、俯《うつむ》いたまま玲司は目を見開く。顔は動かさず視線だけ巡らせると、裏通りの入口に立つ二人の男に目がいった。

ひとりは白いシャツに濃紺のスラックス、もうひとりも同じような格好で、玲司に背を向けて大通りを眺めている。

玲司は裏通りの入口から近い場所に座っていたので、どうしても二人の会話は耳に入ってくる。聞くともなしに聞いていると、二人ともやはり加賀美のことを話しているようだ。けれどどうにも、その内容が不穏だ。

「去年も妙な格好でああして踊ってたじゃねぇか。馬鹿殿ってやつか？」

「懲りねぇよなぁ。また石でもぶつけてやったらどうよ」

細身の男が声に笑いを滲《にじ》ませてそんなことを言うと、その隣に立つ恰幅《かっぷく》のいい男は忌々しそうに唾《つば》を吐いた。

「小石だの空き缶だの、ちんけなもんしかぶつけられねぇんじゃ逆にストレスが溜まる」

「でもこの前はなかなか痛快だったじゃねぇか。店の前にこれ見よがしに置いてあったぴかぴかの新車に思いっきり木刀叩き込んでやって……」

思わず玲司は伏せていた顔を上げた。男たちが話しているのはミラー中古車店のことに違いない。ならばこの男たちなのか、店に石を投げ込んだり、商品の車に傷をつけたりしていたのは。

息を飲む玲司の前で、男たちはまだ話を続けている。

「ありゃやりすぎだ。そろそろ北川に睨まれるぞ」

「あのぼんくら社長が北川に報告なんてするかよ。あの調子じゃあこれまでのことだってまだ一度も北川の耳に入ってねぇぞ。肝の小せぇ男だ」

「あのしけた中古車店さえ畳んじまえばな、うちに土地も戻ってくるかもしれねぇのに……」

言葉の途中で、ふいに体格のいい方の男がこちらに横顔を向けた。玲司はすっかり二人の会話に聞き入っていて、とっさに視線を逸らすのを忘れる。そして互いに目が合って、あっと思ったのはほとんど同時だったのではないだろうか。

短く刈った髪にいかつい顔。無精ひげを生やした顔には見覚えがあった。あれは確か、成井組の息がかかった建設会社の、名前ばかりの経理担当者だ。名は大河内といっただろうか。自社の経理管理を勧める玲司の胸倉を摑み、一方的に解雇してきたのは半月前のことだ。

相手も玲司に気づいたようだ。小さく目を眇めると身を返して、植え込みに腰掛ける玲司の元にやってきた。

「誰かと思ったら、前にお世話になってた税理士さんじゃねぇか」

隣にいた細身の男もやってきて、玲司は素早く視線を巡らせた。右手は人通りもなく見通しもいい裏通り、大通りに出る左手は男二人に塞がれて、どちらも逃げるに適さない。

機会を窺うしかないか、と何食わぬ顔で玲司は団扇を扇ぐ。大河内はそんな玲司の顔を見下ろして、胸の前で太い腕を組んだ。

「人の話を後ろから盗み聞きするってのはいい趣味じゃねぇな」

「聞いてませんよ、何も」

玲司はとっさにそう答える。いつもの淡々とした声で、表情もないまま。けれど大河内は端《はな》から玲司の返答などまともに聞く気はないようで、大きな掌でざらりと後ろ頭を撫で上げると溜め息をついた。

「よりにもよってアンタに聞かれるとはねぇ……。アンタ最近、加賀美のところによく出入りしてるそうじゃねぇか。加賀美の社長ともよろしくやってるみたいだし？」

含みを持たせた言いように玲司は眉根を寄せて大河内を見上げる。隣にいた細身の男はいち早く言わんとするところを察したのか、意外そうな声を上げた。

「へぇ、加賀美の社長にそんな趣味あったのかよ？」

「らしいぜ。あの通り恥知らずな社長さんだからよ、所構わずこの税理士先生といちゃついてるって評判だ」

肩越しに大河内が背後を振り返る。大通りでは、狐の面をつけた加賀美が山車の間を跳ね歩いているのだろう。玲司は眉間に寄せた皺を深くして、低い声で呟いた。

「……身に覚えのないことをおっしゃられても困ります」

大河内は大通りに向けていた顔を玲司の方に戻すと、ハッと鼻で笑った。

「見られてないとでも思ってんのか？　雨の日に二人でひとつの傘差して、その下でお前ら何してた？」

玲司は記憶の糸を手繰る。そういえば、いつだったか傘を忘れて事務所を飛び出した玲司を、大きな蛇の目傘を差した加賀美が追ってきてくれたことがあった。

あのとき加賀美はやけに玲司に顔を近づけてきて、もしかすると遠目に傘の陰でキスでもしているように見えたのかもしれない。それにしたってどこからそんな場面を見ていたのかと目を丸くする玲司を見下ろし、大河内は喉の奥で低く笑った。

「ほら見ろ、身に覚えがあるんだろう」

確かに身に覚えはあるが、そういうことではない、と反駁《はんばく》するより先に、大河内が何か思いついたような顔をして太い指で顎を撫でた。

「そうか……何も小石やら空き缶なんてぶつけなくても、もっといい手があったか」

隣に立つ細身の男は、相変わらず飲み込みが早いようだ。玲司がまだその意味を理解する前から、もう口の端に笑みを浮かべている。それもどことなく残忍で、いやらしい笑みを。

ヤクザ相手に金勘定なんて因果な仕事をしているおかげで、こんな場面に巻き込まれることも初めてではない。玲司は俄かに雲行きが怪しくなったのを察して無言でその場に立ち上がった。長居は無用だ。時間が経《た》つほど逃げる機会は失われる。

そのまま男二人を押しのけて大通りに出ようとすると、途中で大河内に肩を掴まれた。

「大枚はたいて仕入れた大事な商品をボコボコにされて、いつもへらへら笑ってる加賀美の社長もさすがに泣いただろう？」

耳元で大河内が囁く。ねっとりとした声に首筋が粟立《あわだ》って、玲司は鋭くその手を振り払った。それでも大河内は口に浮かべた笑みを崩さず、玲司の顔を覗き込むと低く囁いた。

「だったら、大事なあんたがボコボコにされたら、社長はどんな顔するんだろうな？」

玲司の背に、震えが走った。猶予はない、とそれが伝える。思うより早く足が動き、大通りに向かって駆け出していた。距離はさほどでもない。人ごみの中に出れば逃げられる。けれど、数歩走ったところで玲司は後ろから大河内に腕を摑まれてしまう。

今日に限って浴衣に下駄を履いているせいだった。足がもつれて普段のように走れない。再び裏通りに引き戻される。大声を出すより先に大河内の右拳が容赦なく玲司のみぞおちに叩き込まれた。

「……っ……！」

口の中に胃液が広がる。昼間まともに食事をしていたら胃の内容物がすべてぶちまけられていただろう。声も出せずに身を折ると、その体勢のまま大河内の肩に担ぎ上げられた。

「トランク開けろ、中に押し込め」

担ぎ上げられてなお、玲司は呼吸すらままならない。指先が痺《しび》れて、暴れることもできなかった。ボディーブロー一発で。体が痙攣《けいれん》する。

「どこに連れてくつもりだ？」

「会社で使ってる貸し倉庫あっただろ。あのあたりで」

「本気だな。ちょっと可愛《かわい》がってやるだけかと思った」

「別件でこいつには腹の立つことがあったんだよ、いい機会だ」

そんな会話をしながら大河内たちは裏通りを進んでいく。どうやらコインパーキングに車を停《と》めていたらしい。細身の男が鍵を取り出してトランクを開ける気配がした。

目の端に白い車が映る。あのトランクに詰められて、連れ去られたらどうなるのか。

——死ななければいい、と玲司は思う。

骨を折られても皮を裂かれても、死にさえしなければそれでいい。けれどみぞおちへの一撃で体の自由すら奪われる非力な自分にどこまで耐えられるだろう。場所を移して、人目のない場所で与えられる暴行に、生きて耐えられるだろうか。

（殺される）

最悪の状況を想像したら、痛むみぞおちの奥からじわじわと恐怖が湧き上がってきた。

殺される。こんなにもあっさりと。恨み言を吐く間もなく。

（——……父さんみたいに）

ドカッと乱暴にトランクの中へ叩きつけられた。トランクの縁で側頭部を強く打って目の前が白くなる。それでもなんとか意識を繋ぎ止めたら、一瞬トランクの隙間から灰色の空が見えた。大河内のにやけた笑い顔もわずかに見えて、何もかも闇に閉ざされると思った瞬間。

「社長！　こっちこっち！」

遠くで、水木の声がした。次いで近づいてくる、複数の足音。

バン！　と大きな音を立ててトランクが閉まり、玲司の視界は闇に支配される。近づいた音も遠ざかり、車が揺れた。このまま発進するつもりか。胃の奥から恐怖が湧いてくる。それは嗚咽《おえつ》に似た声になって玲司の喉から漏れ、玲司は無意識にそれを口にした。

「……加賀美さん――……」

なぜ、その名がこぼれたのかはわからない。

あんなにうだつの上がらない男なのに、まともな経営方針もなく、のんべんだらりと日々の仕事さえこなせればいいと思っているやる気のない男なのに。

それでも、愛し気に自分の社員を見守る横顔が頭から離れなかった。それと同じ目で自分を見てくれる瞬間が、忘れられなかった。

いつかはその目が、自分だけを特別に見てくれればいいと、そう思って――……。

痛みか、恐怖か、それとも別の感情か。苦いものが胸から溢《あふ》れて玲司の目の端に涙が滲む。

何にせよここまでだ、と目を閉じる。が、なかなか車の発進する気配はない。

どうしたのだろうと耳を澄ませると、外から微かに喧騒が聞こえてきた。そういえば、トランクが閉まる直前水木の声がした。そう思ったとき、突然再びトランクが開いた。

眩しい光が目を射して、先程強打した側頭部が強く痛んだ。

目を眇める。曇り空を背にトランクの中を覗き込んだのは、加賀美だ。

「おい！　大丈夫か！」

加賀美の両腕が伸びてきて玲司を抱き上げる。視界の端に、白い鱗。

安堵《あんど》して、でもなぜか胸に広がる苦しさは増して、玲司はそのまま加賀美の腕の中で意識を手放してしまったのだった。

目を開けると、真っ先に見覚えのない天井が飛び込んできた。

玲司は緩慢な瞬きを繰り返す。ベッドの上だが、自室ではない。どこだろう、と枕の上で首をひねると、壁際に黒い大きな机が置かれていた。あれには見覚えがある。でも、どこで。

（……加賀美さんの寝室——……）

ミラー中古車店の三階だ、と気づくと同時に、気を失う直前の記憶もいっぺんに蘇った。

ここにいる、ということはなんとか成井組の連中に連れ去られるのは免れたということか。フッと溜め息をついて重たい体をベッドに沈ませると、静かな部屋に落ち着いた声が響いた。

「起きたか？　先生」

耳に静かに響く声。また心臓がざわついたが、玲司は深い呼吸ひとつでそれを落ち着かせると、ゆっくりベッドに体を起こした。

いつかのように、ベッドサイドに置かれたランプだけが光を放つ寝室で、加賀美は窓辺に立って緩く腕を組んでいた。そうしたままで、のんびりと玲司に声をかけてくる。

「覚えてるか？　アンタ、トランクの中で気絶してたんだ。医者に診《み》せたら軽い脳震盪《のうしんとう》だってさ。入院するほどでもないって言われたんだがアンタの自宅もわからないし、とりあえずここに連れてきた」

「……ご迷惑をおかけしました」

玲司が律儀に頭を下げると、いいよ、と加賀美は笑った。

「でも、水木には礼を言っておいた方がいいかな。アンタが具合悪そうにしてたからって、冷たい飲み物持って会場中を探し回ってたそうだ。それで危ないところを発見したらしい」

「そうだったんですか……」

「水木が真っ青な顔して大通りに飛び出してきたときには、さすがに何事かと思ったが」

何を思い出したのか、加賀美が肩先を小さく震わせて笑う。それからゆっくりと玲司を見て、思いを込めた声で呟いた。

「……無事でよかった」

玲司は両手で布団の端を握り締める。今さらのように体が震えた。そうだ、加賀美たちが助けに来てくれなかったら、自分はどうなっていたかわからないのだ。

「どうも、ありがとうございました——……」

怯えた顔を隠すように玲司が深く頭を下げると、加賀美はなぜか複雑な表情をした。

「礼なんていいよ……アンタを襲った奴らは、成井の構成員らしいから」

知っている、と玲司が頷くと、加賀美は少し迷うように口を閉ざし、窓の外へと視線を飛ばした。

「多分、アンタを襲ったのは俺たちへのあてつけだ。アンタはうちによく出入りしてるから、もしかすると従業員と間違えられたのかもしれない。……どっちにしろとばっちりだ」

「それは違います」

珍しく重い口調になる加賀美に、玲司はきっぱりと言い切った。意外そうな顔で振り返る加賀美に、玲司はさらに言い募る。

「あの男は以前私が仕事で関わった相手です。そのときトラブルを起こして恨みを買っていました。襲われたのは、それが原因です」

「トラブルって……何か裏取引でもしたのか?」

言葉も濁さずそんなことを尋ねてくる加賀美に、玲司は小さな笑みをこぼした。

「いえ、ここでやっていたのと同じことしかしていません。自社で経理の処理ができるようにしてみませんかと、ご提案を」

「なんだ、まっとうなことじゃねぇか」

玲司は視線を落とす。本当に、まっとうだったのかはよくわからない。元来経理処理の代行は税理士の仕事に含まれる。対価を支払ってその仕事を依頼することはおかしなことでもなんでもなく、むしろ自社での経理処理を勧める玲司の方が税理士としては異質だ。

それでも、玲司は自分のしていることをまっとうだと信じていた。信じようとしていた。今この瞬間までは。

「……まっとうなことをしているつもりでもこんなふうに狙われるのだから、皮肉です」

窓の向こうで、電車が走り抜ける音がした。外はすっかり日が落ちているが、終電にはまだ早いらしい。加賀美は何も言わず、室内には車輪がレールを噛む音だけが響く。

その音が遠ざかって、やがて完全に聞こえなくなってから、玲司はぽつりぽつりと喋り出した。今まで誰にも、事務所長である加藤にも話したことのなかった昔話を。

「私の父親も、税理士でした。自分で事務所も開いていて……でも父は、裏稼業を営む人たちを相手にする税理士だったんです」

言葉にしてみると、当時の記憶がゆっくりと、でも鮮やかに蘇ってきた。

玲司の父親はいつも、社会の底辺にいるような人たちばかりから仕事を受けていた。選んでそうしたわけではなく、気がついたらそうなっていた、というのが正しい。父親の事務所は、支払いが危うい人たちにも分け隔てなく門を開いているような場所だったから。

随分と久方ぶりにそんな記憶を思い返しながら、玲司は淡々と続ける。

「父の事務所を訪れる人たちは皆切迫していました。町工場の社長さんが、身も世もなく泣いて土下座をするんです。赤字続きなのに税金だけはちゃんと課せられて、もう会社を畳むしかない、どうにかしてくださいと。……父はそう言われると断れない人でした。真っ青な顔をして訪れる人たちのために、父はなんだってしてた。節税も、脱税も、法律に引っかかることだって、なんだって。それが噂《うわさ》になって、最後は暴力団からも依頼が来るようになっていました」

加賀美は何も言わない。ただ、壁に寄りかかって静かに玲司の話に耳を傾けている。

時折玲司が口を閉ざしてみても、言葉の隙間に訪れる沈黙は室内を満たす橙《だいだい》の光のように柔らかだ。玲司はその沈黙に背を押されて話し続ける。

「それがある日、税務署に脱税がばれて、その関与先はヤクザのフロント企業で、父も、その会社も糾弾されました。でも会社側は、全部税理士が独断でやったことだ、税理士に任せていたことだから一切わからないと責任を放棄しました。本当は、資金繰りに苦しんでいた会社側が父に頼み込んでやらせていたことだったんです。でも、事実が明るみに出ると誰も父を庇《かば》おうとはしなかった」

それで、と言った後、これまでより長い沈黙が訪れた。上手く言葉が出てこない。

しばらく自分の手元を見詰めてから加賀美に視線を移すと、加賀美は腕を組んだまま一直線に玲司を見ていた。

ちゃんと聞いている、聞かせて欲しいと、加賀美の全身が示している。

それを見て、やっとのことで玲司は口を開いた。

「……それで、父は死にました。脱税がばれてから一ヶ月も経たないうちに、夜道で車に撥《は》ね飛ばされて死んだんです」

多くの人が、生前の父親と関わりがあり、脱税がばれて多額の追徴課税を受けた例の会社を疑った。しかしその日は一日中ひどい雨が降っていて、現場に残された手がかりはほとんど雨が洗い流してしまい、結局玲司の父親を轢《ひ》いた犯人は今もってわからないままだ。けれど、雨のせいで判然としないがブレーキ痕《こん》がないようだ、と警察が話しているのを聞いて、当時の玲司は確信した。父は、自分が助けようとした人たちに裏切られて死んだのだ、と。

「……その会社は、本当に経理に無頓着でした。ほとんどの処理を父がしていた。だから、父にも否がある、と世間では言われたんです。本当に税理士の独断で脱税が進められたのではないかとすら言われました。そんなはずもないのに」

言葉の途中で視線を落とすと、いつの間にか両手できつく布団の端を握り締めていた。意識的に手を緩めると指先が白くなっていて、もう二十年近く前のことで未だに心揺さぶられる自分に呆れる。

玲司はひとつ大きく息を吐くと、少し感情的になっていた声を改めた。

「だから私は、どんな会社でも最低限の経理処理は自分たちでできるように指導したいんです。何か問題があったとき、泣いて税理士に土下座をするような社長も、すべて税理士任せにして責任逃れをしようとする会社も増やしたくありません」

だってそうしたら——と続けようとした言葉は先程以上に感情的になってしまいそうで、玲司は唇を噛み締める。だから後の言葉は加賀美の耳に届かない。駄々をこねる子供のような幼稚さで、玲司の胸の中にだけ響く。

だって父がしっかりと税務についての知識を教えていたら、小さな会社でも税理士に寄りかかることなく、自分たちの判断ができて、父は死なずに済んだかもしれないのに。

そう思うから。だから、それだけで。

たったそれだけの理由で、自分は必要のないリスクを負ってまでヤクザ相手に税について

の講義や経理指導なんてやっている。

玲司は自分の手を見下ろすと、口元に自嘲《じちょう》気味な笑みを浮かべた。

「でも、私のしていることは余計なことで、誰からも望まれていないことなんです。傾きかけた会社を立て直そうと、頼まれてもいないのに必死で帳簿を改ざんする父をとんだ馬鹿だと思っていましたが、結局私も、同じことをしている」

玲司はギュッと掌を握り込むと、視線を落としたまま加賀美に尋ねた。

「……以前、私はここの方々と同じ匂いがすると言っていましたね」

あぁ、と久方ぶりに加賀美が口を開いた。短く返されたそれに、玲司はゆっくりと目を閉じる。

「それは多分、私もなりそこないだからです――……」

父親のような税理士にだけはなるまいと思っていた。他人のために身を滅ぼすなんて真っ平だと。けれど、今自分のしていることはまさにそれで、結局父親と同じ道を歩んでいる。

自分の望んだ何者にもなれなかった。なりそこないだ。

そのまま黙り込んで、いったいどれくらい経った頃か。

それまで無言で壁に寄りかかっていた加賀美がふいに動いた。

「そうか……。だからアンタ、未だに喪服が脱げないんだな」

加賀美の声と足音が近づいてきて、玲司は細く瞼を開ける。同時にベッドが軋《きし》んで、加賀美がベッドの縁に腰を下ろした。

玲司に横顔を向けるようにしてベッドに座った加賀美は、首をひねって玲司の顔を覗き込む。あんな話を聞いた後なのに加賀美は常と変わらぬ飄々とした仕種で首を傾げた。

「アンタがいつも着てる真っ黒な服、喪服だろう？」

前触れもなければ迷いもないその言葉に、玲司は素手で心臓を鷲摑《わしづか》みにされた気分になる。決してそんなつもりでいつも黒いスーツを着ていたわけではなかったが、どうしてかとっさに否定の言葉が出てこなかった。

加賀美はほんの少し目を伏せて、穏やかな声で呟いた。

「アンタのやってることは、親父さんの弔い合戦みたいなもんなのかなぁ……」

違う、という言葉は、やっぱり出てこなかった。確かに、経理に無知であったがゆえに会社を傾け、父に脱税までさせた人たちを長く恨んでいたのも事実だったから。

玲司は言葉もなく、グッと掌を握り締めた。

何もかも、見透かされている気がした。自分自身目を背けていたものが容赦なく眼前に突きつけられるようで、息が詰まる。

一方加賀美は玲司の表情の変化など頓着もせず、天井を仰ぐと朗らかな声を上げた。

「でも、馬鹿っていうなら俺の親父も相当の馬鹿だったぞ。二十年前、北川の組長庇って死んじまったんだからな」

その声があまりに明るかったので、最初玲司は言葉の意味を取り違えたのかと思った。指先から力が抜ける。加賀美の顔を見返すと、加賀美は天井を仰いだまま目を細めた。

「組長が外出するとき、組員は全員北川組のお屋敷の前に並ぶんだ。それで門の前で車に乗る組長をお見送りするんだけど、そのとき成井組の構成員が銃構えて突っ込んできた」

昔語りは唐突に始まる。先程の自分がそうだったように。

加賀美は天井の一点を見詰めると、なだらかな口調で話し始めた。

「俺の親父は当時北川組の幹部で、いつだって組長の一番近くにいたから、組長に銃口が向けられたときも真っ先に盾になった。胸を撃たれて、即死だったよ」

壮絶な話を、明日の天気でも話すような口調で加賀美は紡いだ。その横顔は凪《な》いでいて、感情はほとんど波立っていない。

「銃を構えた成井組の構成員はバイクに乗ってて、組長に向けて銃を乱射した後そのまま逃走しようとしてた。それを俺は、とっさに遮ったんだ。……当時は俺も、もう少しまともに北川組の中にいて、組長の見送りにも出席してたんだ。俺はまだ十七で、下っ端だったから列の一番端にいた。おかげで何が起こったのか遠くから全部見えてて、気がついたら逃げようとしたバイクの前に両手広げて立ってたよ。——直前に親父がそうしてたみたいに」

加賀美がゆっくりと視線を落とす。玲司もそれを追うと、加賀美は自分の左手を見ていた。

「バイクは俺の半身にぶつかって、バランスを崩して転倒した。バイクで突っ込んできた奴はその後北川の構成員に取り押さえられて、俺は左半身血まみれになってその辺に転がってた。後で医者に、左腕がもぎ取られなかったのが不思議だって言われたよ。骨はぼろぼろに砕けてて、しばらくまともに動かせなかった。……いや、今もだな」

言いながら加賀美が左手を小さく握り締める。そこでようやく、玲司は加賀美の左手に包帯が巻かれていることに気がついた。

「加賀美さん……その手……」

「ん？　あぁ、これな。アンタを襲った奴らにちょっとやられちまった」

玲司が息を飲むと、加賀美は笑いながら顔の横で左手を振ってみせた。

「大したことねぇよ。大体、こっちの手はもともと使いものにならねぇんだ。いつも盾の代わりに使ってる」

「盾って……」

自身の腕を物のように扱う加賀美に玲司が眉を顰めると、加賀美は薄い笑みを浮かべたまま膝の上で手を組んだ。

「盾だよ。あの日、バイクの前に飛び出してから、俺は盾になったんだ」

加賀美がゆっくりと玲司に顔を向ける。不思議に落ち着いた目で言葉を繋ぐ。

「なぁ先生、俺は何かを守りたいんだ。いつも何かの盾になりたい。アンタが自分の父親とは真逆のことをしているのと反対に、俺は父親が最後にしたことをずっと真似てる。そうすればいつか、あのとき親父がどんな気持ちで組長の前に飛び出したんだかわかるんじゃないかと思って」

橙の暗い光が加賀美の顔を照らし出す。いつの間にか、加賀美の顔から笑みが消えていた。

「俺もアンタと一緒で、親父をとんだ大馬鹿野郎だと思ってる。……でも、わかりたいんだ」

そう言って、加賀美は玲司の瞳をジッと覗き込んだ。玲司の中の何かを見定めでもするように。玲司はそんな加賀美から目を逸らせない。しばらく互いに見詰め合い、加賀美はゆっくりと薄茶色の瞳を細めた。

「……アンタだってそうだろう?」

声が、出なかった。

玲司はそれを否定したいのか肯定したいのかとっさに判断がつかない。自分がこれまでしてきたことは、父親のしていたことを否定するためだったのか、あるいは肯定するためだったのか。わからない、自分はただがむしゃらで、その行動がどんな感情に基づいていたのかなんて考えたこともなかった。

それなのに、加賀美の目は玲司に考えることを要求する。そうだろう? そうじゃないのか？　と、どこか楽しそうにすら問いかける。

結局玲司が無言のまま目を見開いて加賀美の顔を見返していると、加賀美は答えを急がないと告げるように玲司からゆっくりと視線を外した。

「だからまぁ、左手のことは気にすんな。大体、アンタに矛先が向いちまったこと自体俺たちの失態なんだ。まったくなぁ、なんのためにお面までつけて大通りを練り歩いてたんだか……」

今年は失敗した、とぼやく加賀美を見て、玲司はやっとのことで瞬きをする。長く見開いていた目が少し痛んで、何度か深く目を瞑ってから加賀美に尋ねた。

「祭りの警備とお面をつけて大通りを練り歩くことに、何か関係はあったんですか？」

「あぁ、だって的になるだろう？」

皮肉を言ったつもりが、予想外の答えが返ってきた。的？　と怪訝《けげん》な顔で問い返すと、加賀美はいとも簡単に頷いてみせる。

「基本的に北川は一般人に手を出さないし、ああいう場所で暴れるとしたら成井の奴らだ。成井と北川は表向き和やかにやっちゃいるが、実際成井は北川をよく思ってない。だから俺が目立った行動してれば、勝手に成井の矛先は俺に向くんだよ。一般人に手は出さなくなる」

「ちょ……ちょっと待ってください！」

玲司は慌てて加賀美の言葉を遮る。そうだ、それがおかしい。ずっと前から疑問に思っていた。どうして加賀美ばかりが成井にちょっかいを出されるのか。

「北川と成井は表向きだけでも不可侵の協定を結んでいるんでしょう。それなのに、どうして北川に所属しているはずの貴方に矛先が向くんです。お店にだってよく石が投げ込まれるし、以前は仕入れたばかりの車にも——…っ…」

「そりゃあ俺がこの場所を引き継いだからだよ」

玲司の言葉を遮るように、加賀美がトン、と足の裏で床を踏んだ。

意味がわからず玲司がひとつ瞬きをすると、その顔を見て加賀美は唇の端を持ち上げた。

「成井の構成員が北川の組長を襲撃した後、抗争になりそうになったところを清和会が仲裁に入ったってのは知ってるか？　その後で、成井がシマの一部を北川に譲渡したのは？」

その話なら知っている。頷きながら詳細な内容を反芻していた玲司は、思い至ったそれにまさか、と目を見開いた。その表情を読み取って、加賀美は小さく頷き返す。

「ここが、成井から北川に譲渡された土地だ。元は成井のもので、だから成井の連中はここに建つ俺の店に石を投げるんだよ」

グラリ、と急に体が不安定に傾いた気がして、玲司は思わず後ろに手をついた。掌がシーツに沈み込み、そのままズブズブと体ごとベッドに飲み込まれてしまいそうだ。

玲司の中で、何かが渦を巻く。怒りとも不安とも知れない不穏な何かが。それを上手く制御することができず、玲司は片手で顔を覆うと俯いた。

「そんな……そんなふうにここだけが攻撃の的にされていることは、北川の人間は知っているんですか……？」

「知ってるんじゃないか？　俺から報告したことはないが、こうあからさまに俺と店が狙われるんじゃ、とっくに北川の組長の耳にも入ってるだろう」

「だったらどうしてそのままにしておくんです……！　貴方だって危険に晒《さら》されるのに！」

顔を覆った手を外して加賀美を見上げると、加賀美は緩やかに笑って正面を向いていた。

「言ったろう、先生。俺は盾になりたいんだ。ここに俺がいれば、どうしたって成井の連中は黙って見てられない。元は自分たちのシマなのに、北川の人間がデカイ顔して店を構えてるんだから当然だ。だから時折ちょっかいを出してくる。それでガス抜きができて、北川と成井は表向き平穏を保っていられる。俺は緩衝材だ」

「そんなことをして……貴方、何度危ない目に遭ってるんです……」

いつの間にか、玲司の声が震え始めていた。静かな室内でそれに気づかなかったはずもないのに、加賀美は玲司に横顔を向けたまま、唇に乗せた笑みを深くする。

「もともと、俺はもう使いものにならない。左手がろくに動かせなくなって、本当は北川に席を置いておくこともままならないような人間だ。そんな俺にこんな店を与えてくれただけで組長には感謝してる。だったらせめて、盾になるくらいしかできないだろう」

いいんだよ、と加賀美が笑う。守りたいんだ、と繰り返す。自分の体を犠牲にして。力を失った左腕を盾にして。

玲司は加賀美の左手を見る。腕から手の甲にかけて巻かれた白い包帯は痛々しいのに、加賀美はやっぱり笑っている。

(この人は……こんなふうに死んでいくつもりなんだろうか――……)

唐突に、玲司はそんなことを考える。

だって加賀美の立場は成井の鬱憤のはけ口だ。いつかは今日玲司がされたように、圧倒的な力で連れ去られて暴行を振るわれ、帰ってこなくなる日も来るかもしれない。

今日まさにそういう目に遭った玲司にはその光景がリアルに想像できてしまって、ゾッと背中が総毛立つ。

その上加賀美は、もう何もかもすっかり諦めてしまっているように見える。口に浮かぶ笑みは諦観《ていかん》の笑みで、もしかすると、いつか自分が北川の盾になって死ぬことも覚悟しているのかもしれない。最後は成井に歯向かうこともせず、やっぱり静かに笑って事切れるつもりなのか。

そして唐突にいなくなるのだ。自分の前から。

二十年前の父がそうだったように。

(――……嫌だ)

ふいに、吐き気にも似た激しい感情が玲司の中から迫り上がってきた。

だって嫌だ、加賀美が死んだら、いなくなったら。

そんなのは嫌だ。絶対に嫌だ。想像しただけで声を上げて叫び出したくなるくらい、嫌だ。

グゥッと背を曲げ、玲司は自分の口元を押さえる。そんな玲司に気づいて、加賀美が慌てたように玲司の顔を覗き込んできた。

「おい、どうした先生？　気持ち悪くなったのか？」

嫌だ、と玲司は思う。そして、どうしたらいいのだろうと考える。

加賀美をこちら側に繋ぎ止めておきたい。彼岸に片足を突っ込んだような加賀美を、無理やりこちらに引き戻したい。

そのためには、いったいどうしたらいいのだろう。

加賀美の諦めたような笑みを消すために、自分はいったい何ができる——……？

シーツの一点を見詰めていた玲司は、ふいに口元から手を離すと伏せていた顔を上げた。

「……今日私を襲ったのは、成井の関連する建設会社の人間です」

「あぁ、そうなのか。それよりアンタ、具合は……」

「大河内といいます。彼は——私刑です」

玲司はグッと加賀美に顔を近づける。その目は至極真剣で、さすがの加賀美も圧倒されたように少し後ろに身を引いた。

「おいおい先生……随分と物騒だな。よせよ、一般人がどうにかできるもんじゃない」

「だったら貴方がどうにかしてください」

加賀美の言葉にかぶせるように玲司は言い放つ。驚いたように目を見開く加賀美に向かって、玲司は鋭い口調で言った。

「貴方だってあの連中にそんなケガを負わされたんでしょう。黙って終わらせずにどうにかしてください」

玲司の物言いに、加賀美は困惑した表情で後ろ頭を掻いた。玲司の瞳が真剣だから、適当にはぐらかせないことくらい見当がついたのだろう。そうしてしばらく視線を漂わせてから、加賀美は溜め息をついて後ろに回していた手を膝の上に置いた。

「……そんな力、俺にあると思うか」

「ないなら、持ちなさい」

加賀美が視線を上げる。一瞬、何を言われたのかわからない、という顔をした加賀美は、すぐにその顔から一切の表情を消した。

加賀美が無言で玲司の目を覗き込む。玲司の真意をはかりかねているように。

玲司はそんな加賀美の視線を受け止めて、送わずに言い放った。

「こんなところで燻《くすぶ》っていないで、のし上がってください」

慰めではなく、本気で玲司はそう口にする。その真剣さが伝わったのだろう。加賀美は唇からゆるゆると溜め息を吐くと、そっと玲司から顔を背けた。

「……片腕だ」

右手で左腕をさすりながら加賀美が呟く。

それを、玲司は鼻で笑い飛ばした。加賀美がギョッとするくらい冷淡に。

「足りないものは別のもので補えばいいんです。そんなこともわからないんですか」

「別のものったって……アンタ簡単に言うけどな」

「金の力を借りなさい」

反駁しようとした加賀美の言葉を遮って、玲司は加賀美の鼻先に人差し指を突きつけた。

「北川の組長は、貴方のお父さんに命を守られて生きながらえたんでしょう。だったら貴方にだって一方ならない思い入れがあるはずです。そんな人が、どうしてこの場所を貴方に与えたと思ってるんです」

盾になるためではない、と玲司は加賀美を睨みつける。

実際の北川組の組長が何を考えているのかは知らない。けれど、今は自分の都合のいいように解釈させてもらうことにした。

加賀美をこちら側に繋ぎ止めるためなら、嘘でもなんでもついてやる。

「この店の立地は悪くありません。駅だって近い。斜め向かいは大通りで、人目にだってかなりつく。その上北川組からは二束三文でたくさんの車が流れてきて、値段はどう吊り上げたっていいんです。儲《もう》けようと思えば、いくらだってぼろ儲けができる環境でしょう」

滔々《とうとう》と語る玲司を面食らった顔で見ていた加賀美が、ゆっくりと表情を変えた。

口元に、諦めたような笑みはない。視線が強くなってくる。

そんな加賀美の表情の変化を正面から見ながら、玲司は続けた。

「ここは踏み台です。貴方が上へ行くための場所です。金に汚くなって、金の力でのし上がればいい。もっとあくどくなってください、わかってるんですか、貴方ヤクザなんですよ」

冷淡な表情とは裏腹に、玲司は必死だった。

ただ必死で、なりそこないではない、と加賀美に伝えたかった。左手が使えなくたって、それで加賀美の存在意義が失われるわけではないのだ。

玲司は真っ直ぐ加賀美を見る。射抜くように、心臓まで射竦めるように。

「貴方の父親の真意を知りたいのなら、組の中枢に行きなさい」

加賀美が小さく目を見開いた。

玲司は唇を噛んでグッと顎を引く。

そうだ、身を挺《てい》して北川の組長を守った父親の真意を知りたいのなら、組長の側に行くしかない。父親が命を懸けてまで守ろうとした人間を知らない限り、父親の行動理由などわかるはずもない。

「のし上がってください。多少の帳簿の改ざん程度なら、目を瞑ります」

いっそ合法的に脱税できる方法を教えたっていい。そこまで言おうとした玲司だが、それより先に突然加賀美が顔を伏せた。

唐突に無言で顔を俯けた加賀美を見て、何事か、と玲司は思う。どうしました、と声をかけようとすると、加賀美の肩が震えていることに気がついた。

泣いているのかと思ったが、違った。

顔を伏せ、肩を震わせて加賀美は笑っていた。声を押し殺して。

目を瞬かせる玲司の前で、加賀美が勢いよく顔を上げる。そしてとうとう耐えきれなくなったように、加賀美は声を上げて笑った。

「ははは っ！　アンタ本当に…っ…わけのわからねぇ人だな！」

身を折って、腹を捩《よじ》って笑った加賀美は、目元に涙まで滲ませているようだ。

「ついこの間まであれだけまっとうな経営を心がけろなんて言ってたくせに掌返しやがって、アンタいったいどうしたいんだよ？」

どうしたい、と玲司は心の中で繰り返す。

（私はいったい、どうしたい……？）

自分は加賀美を引き止めたい。迷いも未練もなく、ふらりと彼岸へ行ってしまいそうな加賀美をこちら側に繋ぎ止めたい。諦めたような顔で笑って欲しくない。

それだけだ。でもそれだけのために、今の自分ならなんだってできる気がした。

次の瞬間、玲司の脳裏に閃光《せんこう》が走るように蘇る光景があった。スーツを着て、クライアントと向き合う父の後ろ姿だ。それは懐かしく遠く、随分久方ぶりに思い出す広い背中だった。

（父さん、貴方も——……）

唐突に、ゆらりと玲司の視界が歪んだ。だって今、わかってしまった気がしたのだ。

社員のため、家族のためと床に額を押しつける中小企業の社長たちを前に、父がどんな気持ちでその仕事を引き受けてきたのか。たとえ相手が明確な言葉でそれを望まなくても、法に抵触する方法でもって彼らを救おうとしたその心情も。

助けたい、引き止めたい。目の前にいる相手のために、できることならなんでもしたい。

たった今、玲司が加賀美にそうしようとしていたように。

（貴方も、こんな気持ちだった——……？）

父が亡くなってから初めて玲司は思い至る。自分が馬鹿なことをやっている自覚を一番持っていたのは、当の父親だったのかもしれないと。

そのまま玲司が深く俯いてしまうと、加賀美がまだ笑いながら身を乗り出してきた。

「ほら、アンタ頭打って倒れたんだ、まだもう少し寝てた方がいい」

柔らかく肩を押され、玲司は抗《あらが》わずベッドに背をつける。手の甲を目の上に乗せ、乱れそうになる息をなんとか整えようとしていると、ふいに加賀美の手が玲司の髪を撫でた。

「先生は変わってるな。何を考えてるんだかちっともわからん」

指先が玲司の髪を梳《す》く。子供をあやすような仕種なのに、玲司の心音はあっという間に大きくなる。自分でも耳が熱くなるのがわかって、この薄暗闇で加賀美に耳の赤さがばれなければいいと、それだけを思って強く唇を噛んだ。

「でも、ありがとうな、先生。左手をやっちまってからそんなふうに俺にはっぱかけてくれたのはアンタが初めてだ」

ポン、と加賀美が玲司の頭を叩く。ごく優しい力で。

「――……アンタのおかげで、少し前向きになる気が湧いてきた」

ありがとう、と加賀美が繰り返す。穏やかに落ち着いた、笑みを含んだ声で。

加賀美の指が離れる瞬間、それを嫌がるように心臓の端がキリキリと痛んだ。加賀美が立ち上がり、部屋を出ていく気配が伝わってきたときは思わず声を上げて呼び止めてしまいそうになって、玲司はいっそう強く唇を噛む。

加賀美が行ってしまってからも、こんなふうに胸がざわついてしまう言い訳を考えてみたが、思いつかなかった。もはや睡眠不足のせいにも日射病のせいにもできない。意識を失っている間に自分はしっかり休息をとったはずだし、外はすっかり夜なのだ。

こうなってしまえばもう、自覚せざるを得なかった。

どうやら自分は、加賀美の手中にすっかり落ちてしまったようだ、と。

翌日、玲司は窓から射し込む朝の光で目を覚ました。眩しさに眉根を寄せながら目を開けると、どうやら開けっ放しのカーテンから日が射し込んでいるようだ。

玲司はすぐには状況が理解できず、のろのろとベッドの上で身を起こす。

ややあって、やっと玲司は自分が加賀美の私室で朝を迎えたのだと悟った。加賀美が部屋を出てからひとりベッドの上で悶々《もんもん》としているうちに眠ってしまったらしい。だとしたら、その後加賀美はどこで眠ったのだろう。寝室内を見回してみても加賀美の姿は見当たらない。

とりあえず、玲司は浴衣の前をかき合わせてベッドを降りた。それから壁際に置かれた机の上に眼鏡を見つけ、それをかけて寝室を出る。

隣の部屋にも加賀美の姿はなく、事務所にでもいるのかと玲司は加賀美の私室を出た。

下へ降りる途中腕時計を見ると、時刻は朝の九時を過ぎたところだ。

随分寝坊をしたものだと思いながら事務所の扉を開け、玲司はそのまま足を止めた。

てっきり誰もいないと思っていたのに、事務所の中にはミラー中古車店の従業員が勢揃いしていた。どうやら皆も今会社に着いたところらしく、各々手に鞄やリュックを提げている。

今日も祭りの警護があるはずだが、まだ誰も祭り半纏や半被を身につけていない。

そしてどういうわけか、皆部屋の奥を見たまま石像のごとく固まって動かない。玲司がやってきたことにすら気づかない様子で硬直しているので、玲司も部屋の奥へ目をやって、やっぱり他の従業員たちと同じように、硬直した。

「おはよう、諸君」

部屋の奥、社長机の前にいたのは、加賀美だ。加賀美だけれど、何かが違う。

加賀美は玲司と従業員たちに向かって軽く手を上げてみせる。軽やかな朝の挨拶《あいさつ》、なのに誰ひとりとして動けなかったのは、加賀美がスーツを着ていたからだった。

それはよく考えれば不思議でもなんでもないことなのだが、何しろ加賀美は今まで当たり前にだらしなく浴衣を着て事務所にいた男だ。最初こそ度肝を抜かれた玲司もいつの間にかすっかりその光景に慣れ、加賀美が浴衣を着崩している姿こそ日常だと思っていた。

そんな加賀美が、スーツを着ている。しかもこの暑いのに、ダークスーツをきっちりと。ワイシャツのボタンを上まで閉め、ネクタイを喉元で固く結び、仕立てのいいスーツを身に纏った加賀美を見て皆が硬直してしまったのは、恐らく同じ理由だろう。

(……なんて、今までもったいないことを……)

緩く帯を結び、胸元をはだけさせ、眠そうに目を擦っていた加賀美はなんだったのか。一分の隙もなくシルエットの美しいスーツを着て背筋を伸ばして立つ加賀美の姿は。

「……とんでもなく男前じゃねぇかよ」

口を半開きにした水木が呟いて、ほとんど同時に全員が頷いていた。

中でも玲司は息を飲む。前々から顔立ちの整った男だとは思っていたが、服装を改めるとこんなにも印象が変わってしまうとは。ダークスーツが加賀美の精悍な顔を引き立てているようだ。スーツを着ることで肩幅の広い、胸板の厚い加賀美の体が強調される。

全員が棒を飲んだように立ち尽くしていると、加賀美は機嫌よさ気に笑って腕を組んだ。

「なかなかいい反応、ありがとう。結構スーツも似合うだろう?」

「いや……に、似合うけど……なんで急に……」

フラフラと社長机に近づいた水木が掠れた声で尋ねると、加賀美は口の端を持ち上げて笑った。その顔を見て、玲司の心臓が大きく跳ねる。

それは今までのようなうっそりとしたものではなく、なんだか随分と野心的な笑みだった。獣じみて雄の匂いが色濃いそれに、思わず視線を奪われる。

加賀美はそうやって唇を笑みにかたどったまま水木たちを見渡して答えた。

「ちょっと、道を踏み外してみようと思う」

へ、と水木が間の抜けた声を上げる。他の人間も同じようなものだ。どういうことかと互いに顔を見合わせる面々の上に、加賀美の張りのある声が降り注いだ。

「今朝方、北川組に行ってきた」

一瞬でその場の視線が加賀美に集まった。加賀美は笑っているが、その瞳は鋭い。これまでとは別人のような、意思の強さが窺える笑みを浮かべて加賀美は言う。

「組長に会って、これまで成井からうちが受けてきた嫌がらせの内容と、昨日そこの先生が襲われた経緯を報告してきた。対して、北川組からしかるべき対応をしてくれるそうだ」

「……社長、それって……」

今度は紺野がふらりと前に出た。その顔が、心なしか青褪《あおざ》めている。隣に立つ本田も顔を強張らせていて、ふたりを見遣った加賀美は小さく頷いた。

「今日から本格的に、北川組に復帰する。その挨拶に行ってきた」

「く、組長はなんて……？」

紺野が息を詰めて答えを待つ。そういえば紺野と本田はもともと北川組の構成員だと言っていた。その内情もよくわかっているのだろう。

加賀美はそんな紺野の顔を面白そうに見詰めてから、組んでいた腕をほどいた。

「随分挨拶に来るのが遅かった、と嫌味を言われた。二十年近く待たされた、ともな」

加賀美は視線を落とす。そして、黒いスーツに包まれた左腕をそっとさすった。

「……待たれてたんだな、こんな体でも」

それからもう一度顔を上げ、加賀美は事務所の入口にいる玲司に一直線に視線を向けた。

「アンタの言った通りだったよ、先生。見限られたと思ってたのは、俺の勝手な想像だった」

いや、自分だって勝手な想像でものを言っていただけだ、とは今さら言えず、玲司は曖昧《あいまい》に頷くような仕種をする。加賀美は満足そうに目を細め、もう一度従業員たちに向き直った。

「そういうわけで、これからは今まで以上に北川と深くつき合っていくことになる。紺野と本田はともかく、水木と榎田さんはもともとこっちの世界の人間じゃない。危険な目に遭うことも増えるだろうし、引き返すなら今だが、どうする？」

それに対して、水木は怯まなかった。しっかりと顔を上げ、一歩前に踏み出す。

「俺は構わねぇよ。今さら引き返すつもりなんてないし、社長じゃない奴の下でなんてもう働ける気もしねぇし」

そうか、と笑って、加賀美は榎田に視線を移す。

榎田も、取り立てて迷う素振りもなく背筋を伸ばして答えた。

「私も、この会社に入った時点で裏の社会に足を踏み入れる覚悟はできています」

短く告げる榎田に、加賀美は小さく頷いてまた前を向いた。

「皆それなりの覚悟があるなら結構。北川との関係を深める以上、これからは前みたいにダラダラ働くわけにはいかなくなるぞ。全員その心構えをしておくように」

はい、とほとんど同時に全員から応えがあった。力強いそれに加賀美の声が重なる。

「まずは今日の祭りの警護だ！　昨日みたいな失態は許されん、気合入れていくぞ！」

加賀美の号令で従業員たちが動き出す。それぞれが自席や事務所の奥へと進むその流れに逆行するように入口に近づいた加賀美は、まだ呆然と立ち竦む玲司の前で立ち止まると静かに口を開いた。

「……なぁ先生、俺は今まで、ここに勤める奴らの食い扶持だけ稼げればいいと思ってたんだが、少し道を踏み外してみようと思うんだ」

玲司はゆっくりと加賀美を見上げる。加賀美は薄茶色の瞳で玲司を見下ろして、いつになく芯の通った声音で告げた。

「アンタの言う通り、この会社は今までなんだかんだと北川から優遇されてきた。でもそれを全部取っ払って、もう北川の手を借りなくても経営が成り立つようにしたいんだ」

玲司は眼鏡の奥で目を瞬かせる。経営、なんて言葉が加賀美の口から出るとは思わなかった。ただでさえスーツを着こなした加賀美は別人のようなのに、玲司はますます自分が誰と対峙《たいじ》しているのかわからなくなる。

「北川の手を借りずに稼いだ金なら、毎月支払う会費も胸を張って出せるだろう？　そうなれば、俺も何に遠慮することなく北川の人間として振る舞えるようになる」

話し振りから察するに、どうやら加賀美は一晩で随分いろいろと考えたようだ。あるいはこの行動の早さから見て、前々から考えてはいたことだったのか。

本当に加賀美という男はわからない、底が見えない。そんなことを思う玲司の前で、加賀美はガリガリと後ろ頭を掻いた。

「それでもしも……北川の組長が完全にこの土地を俺に任せてくれるようになったら、そうしたら、成井とも話をしてみようと思う。今までみたいにちゃちな嫌がらせを黙って受けなくてもいいように」

「……今は、貴方がこの土地を仕切っているわけじゃないんですか？」

加賀美があまり自分と近い場所にいるから、気を抜くと息が震えてしまいそうだった。だから意識を分散させるように無理やり口を開くと、加賀美は苦笑混じりに頷いてみせる。

「俺が預かってるのはこの店だけだ。周辺の土地は北川の管理下にある。だから成井の標的になるのは俺の店だけなんだよ」

そこまで言って何か思い出したように、ふいに加賀美が玲司の顔を覗き込んできた。唐突に加賀美の顔が近づいて、玲司は後ろによろめきそうになる。

「それから、この前アンタを襲った連中の始末は俺がつける。だから、アンタは無茶な真似するなよ」

いいな？　と真剣な顔で念を押され、玲司は押し切られるように頷いていた。

それを見て、加賀美はまたその顔に笑みを浮かべるとひっそりと囁いた。

「——這い上がれるか、見ててくれ」

唇に浮かんだ笑みは野性味を帯び、とんでもなく魅力的で、玲司は思わず視線を下げる。

心臓が激しく胸の内側を叩いて、浴衣の襟元からその音が響いてしまいそうで恐かった。

加賀美は俯いた玲司の頭をクシャリと撫でて事務所を出ていく。それでもしばらく動けずにいると、事務所の奥で水木がのどかな声を上げた。

「なぁんか、今日は社長がスーツで税理士の先生が浴衣で、いつもと逆だなぁ」

そういえば、玲司はまだ昨日と同じ、着崩した浴衣姿のままだ。

（……何をしてるんだ、私は……）

耳が熱い。首筋も。何も思い通りにならない、手につかない。

活気づく事務所で取り残されたように立ち竦み、完全に落ちた、と玲司は思った。

◆◇◆

その後のミラー中古車店の変わりようは、目を見張るものがあった。

ともすれば、この数ヶ月間自分が必死になって従業員たちを指導していたのはなんだったのだろうと玲司が割に合わない思いをするほど、短期間で会社は変わった。

経理的な部分もそうだが、営業のスタイルも大きく変わった。

まず加賀美を筆頭に、紺野、本田、榎田がきちんとスーツにネクタイを着用するようになった。当たり前のことだが、それだけで不思議と勤務態度や接客態度が変わる。いつも受付に座って地蔵のように動かなかった榎田は、客が来れば入口まで出迎えに行くようになったし、日がな一日事務所で油を売っていた紺野と本田も榎田と共に接客に努めるようになった。

時折駅前まで店のチラシを配りに行くこともあるようだ。

水木だけはこれまでと変わらない服装のままだが、二階の事務所で経理処理をしたり、電話の応対をしたり、店のホームページを作ったりしている。

だが、何より変わったのはやはり加賀美だろう。

加賀美は玲司が月次訪問にやってくると、必ず玲司に試算表の説明をせがむようになっていた。これはどこをどう見たらいいんだ、何がわかるんだ、利益は出てるのか、と矢継ぎ早に尋ねてくる加賀美に、玲司は懇切丁寧に数値の説明をした。前回の試算表をベースに、当月までの累計売上高、粗利益、販売費および一般管理費、経常利益などをひとつひとつ、根気強く。

最初こそすぐに飽きてしまうのではないかと危惧《きぐ》していた玲司だが、意外にも加賀美は毎回真剣に玲司の言葉に耳を傾けた。難しい、とは言いながら、損益分岐点も限界利益率も知らないくせに、この支出に対してどれくらいの収入があれば赤字は免れるのかなどと聞いてくるあたり質問は的確で、飲み込みは早いようだ。

そうして玲司からひと通りの説明を受けると、加賀美は慌ただしく会社を出ていってしまう。社長業にもまともに取り組み始めたら、昼間から浴衣でぼんやりしている時間などなくなってしまったようだ。

それは経営者としては当たり前で、望ましいことのはずなのに、なぜか玲司は複雑な心境になる。

事務所を出ていく加賀美の背中を見送るたび、以前加賀美の私室でカルビ弁当を食べながら他愛のない話をした時間を思い出しては、玲司の唇の端には溜め息が掠めるのだった。


その日、ミラー中古車店に行くと加賀美の姿がなかった。

どんなに忙しくても玲司が訪れる日は事務所で待っていてくれた加賀美なのに、とうとうそんな時間も確保できなくなったのか。

事務所には水木しかおらず、黙々と手元の資料を手繰る水木に玲司は加賀美の所在を尋ねる。対して水木は目も上げぬまま、北川、と答えた。

「……また会費を届けに行っているんですか？」

「や、今日は寄り合いだって。遅くなるからちょっと待ってて欲しいってさ」

寄り合い、と玲司が繰り返すと、やっと水木が顔を上げた。

「今までは会費払うだけだったから、お屋敷の入口で記帳して金渡せばよかったらしいんだけど、今はお座敷まで上げてもらって金渡しながら挨拶してるらしいよ」

もうそんなに待遇が変わっているのか、と内心玲司は感心する。

それを手放しで喜んでいいのかどうかはまだよくわからない。けれど、加賀美が前を向いてがむしゃらに進んでくれるのは悪くない、と玲司は思う。

水木のデスクに近づくと、無言で帳簿と仕訳表、それから請求書で膨らんだノートを手渡された。玲司はそれを受け取り、案内されるまでもなく応接室に向かう。これをザッとチェックして、不明な入出金や仕訳がなければ資料を持ち帰り試算表を作ればいい。

(大分、手がかからなくなった)

仕訳に目を通しながら玲司は思う。ほんの一ヶ月で。加賀美が変わった、それだけで。

(……大した影響力だ)

あんなにやる気のない男に見えて、やはりこの会社は加賀美が中心になって動いていたのだと思い知る。この求心力と行動力があれば、本当にヤクザの世界を上り詰めてしまうのも時間の問題かもしれない。

けれどももし本当にそうなってしまったら。そのときはもう、一介の税理士でしかない自分と過ごす時間はなくなってしまうのだろうか。

胸にちくりと刺《とげ》が刺さる。

玲司は眉根を寄せて胸元を見下ろすと、溜め息で小さな刺を吹き飛ばした。その後で、自分はいったい何を考えているんだ、と自らを非難する。自分は仕事でこの会社に来ているのであって、加賀美に会いにきているわけではないのに。

それなのに、加賀美がいないというだけで、やけに気分が沈み込むのはなぜだろう。

(どうせしばらくすれば帰ってくるんだから——……)

そう考えかけて玲司は頭を抱えそうになる。結局のところ、自分は加賀美の帰りを待ちわびているのではないか。会いたくて仕方がないのではないか。

馬鹿馬鹿しい、と玲司は応接室の机の上に資料を広げる。押し寄せる思考から逃れるように、今は作業に没頭したかった。

そうしてやっといつもの調子で資料を読み始めたのも束の間、玲司は預金通帳のコピーに妙な支出を見つけて眉根を寄せた。

先月の半ば、十万円ほどの支払いがある。コンビニ決済らしく何に支払ったのかよくわからない。その上、仕訳表を見てもそれらしき記入がなかった。

この一点だけ丸ごと抜け落ちているのが気になって、玲司は応接室を出る。水木に詳細を訊こうと思ったのだが、トイレにでも行ってしまったのか事務所にその姿はなかった。

代わりに、水木の隣の席に榎田がいた。紺野や本田は一階にいるのか他に従業員の姿はなく、玲司は少し迷ってから、榎田に声をかけてみた。

「榎田さん……先月の中頃に、何かコンビニで支払いをしたような覚えはありますか?」

水木でなければわからないかな、と思ったのだが、予想に反して榎田はサラリと答えた。

「十万円ほどの支払いのことでしょうか?」

「そうです、それはなんの——……?」

「それならつい先ほど商品が会社に届いたところです」

「商品……?」

なんの、と玲司が尋ねるより先に、榎田が応接室を指差した。

「部屋の奥にダンボールがあります。いろいろと買ってしまいましたので一言でご説明するのは難しいかと。見ていただくのが早いと思われます」

自分で確認しろ、と言われてしまえば仕方がない。玲司は肩を竦めて再び応接室に戻った。

改めて部屋を見回すと、榎田の言う通り部屋の隅にダンボールが置かれていた。ひと抱えはあるそれなりに大きなダンボールだったが、ソファーの影にひっそりと置かれているせいで意識しないと見落としてしまいそうだ。現に先程はダンボールの存在に気づかなかった。

玲司は、それに近づいて蓋を開けてみる。すでに誰かが中身を検《あらた》めていたらしく、ガムテープは破られていた。

そうして薄茶色の無骨なダンボールの中から出てきたものを見て、玲司は目を見開いた。

現れたのは、透明な袋に入った薄桃色の洋服だ。柔らかなシフォンの生地が幾重にも折り重ねられた……ワンピースだろうか。随分ボリュームがあるから、ドレスかもしれない。

中古車販売店の応接室にはあまりにも不似合いなものが飛び出して、玲司は目を白黒させながらさらにダンボールの奥を探る。今度は長方形の白い箱が出てきて、開けてみるとエナメルのハイヒールが入っている。先程出てきた洋服と同じ淡いピンク色で、ヒールは軽く五センチはあろうかという代物だ。

玲司は困惑した表情のまま、とりあえず洋服と靴をソファーに置く。わけもわからぬまま

さらにダンボールの中を覗き込んで、ギョッとした。

ダンボールの底には、総レースの真っ赤な下着があった。その隣にはストッキングに、黒のガーターベルトまである。

普段見慣れない物を目の当たりにして、玲司は思わず口元を手で覆った。

（な……なんだこれは…っ…！）

どうして会社の応接室にこんなものがあるのか。考えてもわからず、ダンボールの中をジッと覗き込むのも憚られて玲司が数歩後ろによろめくと、同時に背後で勢いよく応接室の扉が開いた。

「あーっ！　何してんだよアンタ！」

部屋中に響いたのは水木の声で、玲司はビクッと肩を震わせて振り返った。

「いや……ちがっ……これは――……っ…」

意味のない単語を繋ぎ合わせながら、玲司はなんとも情けない気持ちになった。女性物の下着を前にうろたえて、人の気配に体をびくつかせて。

（私は変態か……！）

だから玲司は自らを奮い立たせると、背筋を伸ばしていつもの調子できびきびと答えた。

「先月の中頃、通帳から不明な出金があったのでそれについて調べていました。榎田さんにお聞きしましたら仕入れた商品がこちらにあるとのことでしたので」

「……っ……榎田さん！　なんでアンタいつもそうべらべらと……！」

水木が振り返って事務所に声を張り上げる。その顔が再びこちらを向くのを待って、玲司はソファーの上に置いておいた薄桃色のドレスを取り上げた。

「それで、これはいったいなんですか？」

「それは——……」

「出納帳にも記載がありませんでしたが、記入漏れですか？」

「違う！　けど……それは……」

応接室の扉を掴んで、水木はそのまま視線を泳がせてしまった。

単刀直入で直情的な水木が口ごもるなんて珍しい。よほど言いにくいことか、と玲司が目を眇めると、水木の後ろからヒョイと紺野が顔を出した。

二階の騒ぎを聞きつけて事務所に上がってきたのだろう。一目で状況を察したらしい紺野は、大儀そうに重い口を開いた。

「あー……。税理士さん、それ社長が私用で買ったやつ」

「私用でドレスと下着ですか。加賀美さんには女装癖でも？」

いや、と紺野も口ごもって、もしや自分の言ったことが的を射ていたのではないかと玲司がギョッとすると、紺野は少し迷うような素振りを見せてから口を開いた。

「それ、社長のコレの」

そう言って、紺野は右手を上げて小指を立ててみせる。

それがどういう意味を示す仕種なのか一瞬で理解して、玲司は表情を失った。

紺野は茶色い髪を掌でかき混ぜながら、どこまで話していいのかなぁ、と呟いた。

「一応、俺らが言ったってのは黙っててもらいたいんですけど……つい最近社長に縁談話が来たんですよ。北川の組長から」

玲司はドレスを摑んで掲げた手をゆっくりと下げる。まだ表情は作れない。指先から、体温が抜けていくのがわかった。

「社長もそろそろいい年だし、身を固めておかないと格好つかないからって。そんで何度かその見合い相手とデートもしてるみたいなんですけど、何かプレゼントしてやりたいって社長が言い出して。洋服かなんか見立ててくれって俺らに頼んだんですよ。ほら、水木なんかは若いし、一番センスありますしね」

なぁ、と紺野が声をかけると、水木は神妙な顔つきで頷いた。

「でも一応は社長が全部選んだことにしておきたいんで、口外無用ってことになってんです。だからできれば、先生もこのことは黙っててもらえますか。人の噂ってのはどっから漏れるかわかんないんで」

いいですかね、と紺野が念を押す。やる気なく壁に半身を凭せかけている割には、随分と真剣な眼差しをこちらに向けて。

「……わかりました」

玲司が小さく答えると、水木と紺野の表情が目に見えて緩んだ。

それで玲司は、ぼんやりと理解する。従業員たちがこんなに真剣になるということは、当の加賀美はもっと真剣で、本気なのだろうと。

（ドレスに靴に……下着まで贈ろうっていうんだからな……）

これを加賀美は、相手の女性に着せるのか、脱がすのか。

どちらにしろその光景は存外すんなり玲司の頭に浮かんで、玲司の口元を笑みが掠めた。

（それはそうだ――……）

加賀美ほどの美丈夫なら、これまでもたくさんの女性にそうしてきたのだろう。それはそうだ、当たり前だ。

それなのに、どうして一瞬だってその傍らに自分が立つ姿を想像してしまったのか。できてしまったのか。わからなくなって玲司は下を向く。そうすると視界の隅にあの扇情的な赤い下着が嫌でも割り込んできて、加賀美にそんなものを贈られる相手にどうしようもなく嫉《しっ》妬《と》して、玲司は乱暴に視線を天井へ向けた。

結局加賀美が会社に戻ってきたのは夕方の六時を過ぎる頃だった。

スーツ姿もすっかり板についた加賀美は、応接室のソファーに腰を下ろすなり大きな溜め息をついた。

「悪いな先生、すっかり待たせちまって。最初からこんなに遅くなるってわかってりゃあ日を改めたんだが……途中で連絡もできなくて、すまなかった」

玲司は小さく首を横に振る。そうしてテーブルに資料を並べてみるが、なかなか言葉は出てこない。なんだか今日は、まともに説明できる自信がなかった。

応接室の片隅には、華やかなドレスや靴が詰まったダンボールがまだ置かれている。

それを横目で見るたびに、玲司は自分の心がどこかに浮遊していってしまうような錯覚に陥った。おかげで今日はまったく仕事に集中できず、こんな時間までミラー中古車店にいたというのにやるべきことはほとんど終わっていない。それどころかあり得ない初歩的なミスを連発し、水木にまで間違いを指摘されたくらいだ。

貸借を逆にしてとんでもない残高になった試算表、売上を二重計上した請求書、数字の六と九を見間違え、百を千と見誤る玲司を、水木は珍獣でも見るような目で見ていた。

それでも、黙り込めば沈黙に耐えきれず、玲司は無理やり重たい口を開く。

「この……会費ですか。最近目に見えて高額になっているようですが」

帳簿を加賀美の方に向けながら玲司は該当する欄を指差す。加賀美は身を乗り出してそこを覗き込むと、あぁ、と少し困ったように笑った。

「最初は何かと入用なんでね。そこは目を瞑ってくれ」

最初、という言葉に、この人は改めて北川組に入り直したのだな、と玲司は実感する。それを勧めたのは自分なのに、どうしてだろう、今になって後悔めいた感情が胸を過ぎった。加賀美が完全に道を踏み外して極道者になってしまうことに今さら怖気《おじけ》づいたのか。それとも、北川と関係を深めたことで加賀美に縁談など舞い込んでしまったからなのか。自分でも上手く理解できず玲司が頰の内側を嚙むと、突然加賀美が明るい声を上げた。

「そういえば、成井の組長がしばらく別荘に行くことになったってよ」

ごちゃごちゃと思い悩んでいたところに加賀美の台詞はすんなりと入ってこない。玲司は緩慢に顔を上げると、馬鹿みたいにその言葉を繰り返した。

「別荘……って、刑務所ですか？」

「いや、留置場。ほら、この前の夏祭りでアンタ襲われただろう？　その件で、傷害罪ってことでしばらく別荘暮らしになるそうだ」

まぁあの程度の騒ぎなら二週間くらいで出てくるんじゃないかなぁ、なんて気楽に頭の後ろで手を組んで笑う加賀美を見て、やっと玲司にも言葉の意味が理解できた。眼鏡の奥でゆっくりと目を見開いて、玲司はパクパクと口を動かす。

「そ…っ…その件で、どうして成井の組長なんて大物が留置場に入るんです……!?」

ん？　と加賀美が不思議そうな顔でこちらを見返す。玲司が何にうろたえているのかまったくわかっていない表情だ。そんな顔をされるとむしろ自分の方が妙な思い違いをしている気分になるが、それでも玲司は険しい顔で身を乗り出した。

「下っ端が組長の身代わりで刑務所に入るという話なら聞いたことがありますが、今回私を襲ったのは組長どころか、それこそ組の下っ端でしょう。それなのに、どうして——……」

「あぁ、そうかそうか。まぁ一般の方にはそういうイメージもあるか」

そこでやっと合点がいったとばかり何度か頷いて、加賀美はゆっくりと首を回す。

「組長が重犯罪なんてやっちまった場合はそういうこともあるけどな。逆に組員がちょっとした事件を起こした場合——今回みたいに人通りの多い場所だとか酒場でトラブル起こして民間人に迷惑かけた場合な。こういうときは、逆に組長が警察に出頭するんだよ」

「ど…っ…どうして」

「そりゃあ、組長なんて暇だから」

飄々と言ってのけ、加賀美はカラリと笑ってみせる。

「特に成井のところなんて今じゃ若頭が実権握ってるんだろうし、組長は特にやることないんだよ。だから組長はジャージ着て、適当に十冊くらい雑誌持ち込んで、『世話になるよ』なんて若造のお巡《まわ》りに言いながら二週間留置所でダラダラ過ごすんだよ」

玲司は開いた口が塞がらない。何かの冗談かとも思ったが、加賀美はそんな素振りも見せない。それでも納得がいかず、玲司は加賀美を問い詰める。

「でも、実行犯は組長ではないのに、どうして警察が拘留できるんです」

「実行犯じゃなくても調査が進む前に出頭されちまえば仕方ないだろう。それに警察としても、組の下っ端捕まえるより組長捕まえた方が手柄になる。お互いわかっててやってんだ」

「だったら、実行犯は野放しにされるということですか？　そんなことが世間にばれたら警察は大目玉ですよ！」

口早になる玲司を見て、加賀美はふふっと小さく笑った。本当に楽しそうに。小さな子供でも相手にするような余裕のある態度で。

「だからさ、先生。実行犯にはちゃんと組の中で制裁が加えられるんだよ」

頭の後ろで組んでいた手をほどき、加賀美はそれを膝に置いた。

「本来一般人には無闇に手を出しちゃいけないからね、俺たちは。酒を飲んだり感情に流されたりして羽目を外す阿呆《あほう》には、きつーいお灸《きゆう》が据えられる」

脚を組み、その上でゆったりと指を組んだ加賀美は小さく首を傾げて囁いた。

「本当は警察に捕まってた方がよっぽど安全なんですよ、先生」

教師に対する生徒のような言葉と共に、加賀美はゆるりと目を細めた。

同時に玲司は息を飲む。その声の低さと瞳の暗さ、全身から滲む凄みを帯びた気迫に圧倒されて。いったいいつから加賀美はこんな顔をするようになったのか。気がつけば、右手で強く左腕を握り締めていた。

そして玲司は、思うのだ。

この人は大丈夫。もう大丈夫だと。

最初は堅気でもない、極道でもない、どっちつかずの太平楽だったが、いつの間にかしっかりあちらの世界の人間になっていた。

それがいいことか悪いことかはわからない。けれど、きちんと自分の進む方向を見つけて、たとえそれが社会の規範からずれていたとしても、この人自身が迷っていないのなら大丈夫。この上伴侶《はんりょ》でももらえば、もっとしっかりすることだろう。家庭を持って、大切な人を守って、そうなれば、捨て鉢に自分を犠牲にすることだってなくなるかもしれない。

(——……大丈夫だ)

玲司は膝の上でギュッと掌を握り締める。

(……私なんていなくても、大丈夫だ)

もう、とやかくお節介を焼く必要はない。口うるさく指導めいたことをするのも終わりだ。固く握り締めていた指先からふいに力を抜くと、玲司は真っ直ぐに加賀美を見据えた。

「今後の訪問形式について、ご相談があるのですが」

前後の脈絡もなく、極めて落ち着いた声で玲司が切り出すと、すでにテーブルの上に置かれた資料に目を通し始めていた加賀美が視線を上げた。

その無防備な目を見詰め返し、玲司は淡々と告げる。声に感情が伝わらないように。

「御社の経理管理状態も大分改善されてきましたし、今後は月次訪問という形ではなく、メールと電話のみのやり取りにさせていただきたいのですが」

真正面に座る加賀美の顔から、ふいに表情が抜け落ちた。

まっさらな、驚きも憤りもない漂白されたような顔で玲司を見て、加賀美は首を傾げる。

「……もう、アンタはここに来てくれないのか？」

「はい、私が指導をしなくても御社で最低限の事務処理はできますでしょうから」

「俺はまだ損益計算書も貸借対照表の見方もよくわかってないのに？」

「その点につきましては、今後もメールとお電話でご相談を承りますので」

玲司は軽く目を伏せ、ことさら業務的な口調を保った。声や表情が乱れて異変を気取られてしまうかと危惧していたのだが、予想外にどちらも凍りついたように変化はなかった。

加賀美は身を乗り出し、下から覗き込むようにして玲司の顔を見上げる。相変わらず表情は乏しく、むしろ玲司の表情を読むことに集中しているように動かない。

応接室に長すぎる沈黙が落ちる。

息の詰まるようなそれに玲司が頑なに耐えていると、やおら加賀美が顔を伏せた。

「——……俺たちの顔はもう見たくないってことか」

項垂れて、しょげた声音で加賀美が呟く。

子供じみたその態度に、まさかそういう反応が返ってくるとは予想していなかった玲司は動揺して、大きく首を横に振った。

「そ、ういうことではなく……私も、他のクライアントがありますので——……」

「そんなに忙しいのか。うちに顔を出すこともできなくなるくらい」

「年末年始は繁忙期ですから……ただでさえ、息をつく間もないくらいです」

言い訳めいた言葉が次々と口を突いて出た。それでも加賀美は顔を上げない。ただ、低くくぐもった声が部屋に響く。

「そうか……うちの経営状況がちっとは改善されたから、今度はうちよりもっと問題のある会社に乗り込んでくってわけだな？　ここでの目的は済んだって？」

加賀美の声に長い長い溜め息が重なる。その息が途切れると同時に、加賀美がのそりと顔を上げた。体を前に倒したまま、前髪の隙間から瞳だけ覗く。

「……アンタは他人だけ変えられればいいんだな。自分はいつまでもそのままで」

気がつけば、加賀美の声音が変わっていた。

低い、何かを押し殺したようなその声に玲司は覚えず息を飲む。

加賀美はやっぱり表情のない、けれど凄みを帯びた顔でしばらく玲司を見詰めた後、先程よりは軽い息を吐いて身を起こした。

「そうだよな、アンタいつまでもそうやって喪服を脱ごうともしないしな」

ソファーに背中を押しつけて、加賀美は鬱陶しそうに前髪をかき上げた。

今日も今日とて真っ黒なスーツにダークカラーのネクタイを締めた玲司は、違うと言いかたからだ。

加賀美は苛立ったように後ろ頭をガリガリと掻くと、玲司に横顔を向け視線をソファーの上に落とした。そして、抑揚の乏しい声で放り出すように呟く。

「結局アンタ、自分の父親を殺した無知な経営者を憎んでるだけなんだろう」

グゥッと、ネクタイが首筋に強く食い込んだ気がした。唐突に、頭の中に言葉が溢れ出す。外からの中からの、たくさんの言葉が、思考が、脳裏で渦を巻く。

だってなんのための指導、なんのための。

なんだってあんなに手間のかかることを、見返りだってほとんどないのに。

誰にも望まれていないのに、むしろ疎ましがられることすらあるのに。

義務も利益も強制もないのに、なぜ。

だって彼らがもう少し経理の知識を持っていれば、すべて税理士任せにしていなければ、そうしたら父さんが死ぬこともなかったからと、そう思って?

(——そう思って……いたんだろうか、私は……)

喉元を、絞め上げられる。さほど固くネクタイを結んだ記憶もないのに、どうして喉から流れる空気はこんなにも微々たるものなのか。

あぁ、自分がまともに呼吸をしていないからだ、と、自身が息を詰めていることにやっと玲司が気づいたときにはもう、加賀美はソファーから立ち上がっていた。

「アンタの言い分はわかった」

まだソファーに座ったままの玲司を加賀美が見下ろす。これまでに見たことがないくらい冷徹な表情で。

「でも、今月一杯はこれまで通りの月次訪問だ。そういう契約しちまってるからな。後のことは、次に来たとき決めさせてもらう」

そう言い置いて加賀美は応接室を出ていった。

ひとり部屋に取り残された玲司は、やっと呼吸がまともにできるようになって喘《あえ》ぐように息を吸った。

今月のミラー中古車店への訪問予定は、月末にあと一回。

テーブルの上にはまだ加賀美に内容を説明していない資料が山積みにされている。そこに簡単な計算ミスがあるのを見つけ、本当に自分はもうダメだ、と玲司は両手で顔を覆った。

◆◇◆

加賀美に見合いの話が持ち込まれたと聞いてからの玲司は、真実使いものにならなかった。

事務所でも取引先でも些細なミスを頻発し、所長の加藤に頭ごなしに怒鳴りつけられることもたびたびあった。

すみません、と平身低頭謝っても、直後に意識は浮遊する。そんな玲司に加藤は真顔で言ったものだ。元に戻るまで有給全部使っちまえ、と。

玲司も一度は本気で有給を大量に消化してしまおうかと思ったが、家にひとりで引きこもっていたら状況は悪化の一途を辿《たど》ってしまいそうでそれもできなかった。

(唯一無二の親友と思っていた相手が別の友達を作ってしまって落ち込む子供と一緒だ)

玲司は時折、そう考えて自分を落ち着かせようとした。

なんだかんだで加賀美とはプライベートな話もかなりした。これまで関わってきたクライアントの中では、最も親密な間柄になった人物かもしれない。

その上加賀美は玲司の無茶ともいえる指導につき合ってくれて、肩肘張って立ち回る玲司を後ろから見守るような態度でいてくれて、思いの外自分は加賀美に心を許してしまっていたのかもしれない。

だからこんなにも加賀美の見合い話が気になる。自分だけひとり置いていかれたようで。

(そうだ、それだけだ。私は決して、ゲイじゃない)

強い調子で言い切ってみる。が、そんなことを自分に言い聞かせるように胸の中で呟いている時点で何か言い訳がましいものを感じて、玲司はますます気落ちする。

さらに玲司を落ち着かなくさせているものは、月末に控えたミラー中古車店への訪問だ。

あと一回ミラー中古車店へ行けば、もう直接あの店に行くことはほとんどなくなるだろう。その事実に、安堵より淋《さび》しさが勝ることがいっそう玲司を混乱させる。

自分で自分に言い訳はした。それらしい理由も作ってみた。でも、ダメだった。もはや自分の心を吟味《ぎんみ》するまでもなく、明確に玲司は淋しいのだ。あの会社の従業員たちに会えなくなることが、加賀美ともう顔を合わせられなくなってしまうことが。

(どうしたんだ、私は——……)

忍び寄る秋の気配と共に混乱は深まる一方で、心の整理もつかぬまま約束の九月末日はやってくる。秋空に意識を飛ばすような有様の玲司も、使いものにならなくなる一方だった。

その日、しばらく戻ってこなくていいぞ！　という容赦のない加藤の声を背中に受け、玲司は書類とファイルと電卓の詰まった重い鞄を手にミラー中古車店へ向かった。

(……今日で最後だ)

店の最寄《もよ》り駅に着き、玲司はその事実を噛み締めながら改札を通り抜ける。

この日が終われば、ミラー中古車店の人々と関わる機会は格段に減る。当然、加賀美とも。

そうして距離をとってしまえば、もしかすると加賀美に対する自分の想《おも》いも変わるのではないか。いつか加賀美が結婚の報告をしてきたとしても、存外笑って祝辞を述べられるのではないか。玲司はそんなふうに考えている。

(そうだ、私はクライアントに近づきすぎた)

だから今は混乱しているだけだ。すぐ元に戻る。

そう思っているのに、駅を出てからも足はなかなかミラー中古車店へ向かわない。

だって本当は行きたくない。行ってしまったら、これで最後になってしまう。

玲司は今になって月次訪問の形式を改めたいと言った自分の言葉を取り消したかった。

なんだってあんなことを言ってしまったのか。加賀美とは今まで通りビジネス関係を保っていればよかったのに。そうすれば、少なくとも月に一度は確実に顔を合わせられたのに。

(――……未練がましい)

玲司はそんな思考を振り払うように腕を振り上げ、腕時計に視線を落とした。

約束の時間までにはまだ大分ある。だから玲司は駅を出ると、店とは逆方向に歩き始めた。

さほど土地勘があるわけではないが、道はほとんど一本道だ。右手に線路が続き、左手には工業団地が並んでいる。玲司は代わり映えのしないその景色を見るともなしに見ながら黙々と歩いた。余計なことは考えたくなかった。

しばらく行くと、左斜め前方に小さな公園が現れた。

狭い砂場にペンキの剝《は》げかけた木馬、それから大中小の鉄棒が置かれただけの公園だ。

玲司は公園に入ると、片隅に置かれた白いベンチにドサリと腰を下ろした。

昼から今日何度目かになる溜め息が漏れる。いったいどうすればいいのか、どうすればよかったのか、今さらのようにひどく悩んでいる自分が滑稽《こっけい》だ。

玲司は膝の上に肘をついて深く身を倒すと、自嘲気味な笑みを口元に浮かべた。

(私がどうしたところで、加賀美さんが私以外の誰かと一緒になるのは明白なのに)

組んだ自分の手を見下ろす。そんなことは考えるまでもない。たとえ今回の見合いが破談になったとしても、いつかまた北川は別の相手を加賀美に宛《あて》がうだろうし、そんなことをしなくても加賀美が自分で伴侶を見つけてくる可能性だってある。

あれで加賀美は美丈夫だ。以前はやる気のない態度が問題だったが、今やそれは影を潜め、真剣な顔で帳簿に見入る横顔など社長然としていて見惚れるほどだ。

わかっている、わかっているのに、どうして自分は今こんなにも、指先が白くなるほどきつく両手を握り合わせているのか。

(……ゲイじゃないんだ、私は)

女性とつき合ったことがある。男性を恋愛の対象にしたことはない。そんなこと、これまでの人生で考えたこともなかった。考えたとしても、恐らく五秒で思考を放棄しただろう。想像するだけで受け入れ難い。だって自分はゲイではないのだから。

そして、加賀美だってきっとゲイではない。

(想像することさえ、受け入れ難い……)

きっとそう思う。ほんの少し前の自分がそうだったように。

（――……だから、届かないんだ）

玲司は組んだ手に強く額を押しつけた。わかっている。実感を伴って理解できる。受け入れられるはずがないのだ。自分が加賀美の隣にいられるはずがない。

それでも、毎月ミラー中古車店を訪れて、従業員たちと言いたいことを言い合って、加賀美と熱心に仕事の話をして時々思い出したように笑い合ってしまったりしたら、もしかしたらいつかは、なんて愚かな期待を抱いてしまいそうで、恐かった。

だから加賀美から離れようとした。その選択は間違っていないはずなのに、どうしてこんなにも苦しいのか。後悔ばかりが胸を占めるのか。

わからなくて玲司は幾度も同じ問答を繰り返す。そうやって体を丸め、しっかりと目を閉じていたら、その背中に突然しわがれた男の声がかかった。

「加藤税理士事務所の税理士さんか……」

自分の思いに没頭していた玲司は背後から近づいていた足音にすら気づいておらず、だからその声は本当に不意打ちで玲司を驚かせた。

うっかりベンチから尻を滑らせそうになった玲司が慌てて振り返ると、そこに異様な風体の男が立っていた。

夕暮れの町、人気《ひとけ》の少ない公園。子供だったら恐怖で泣き叫んでいたのではないか。

玲司の背後に立ってこちらを見下ろしていたのは、顔半分を包帯で覆われた男だった。

さすがの玲司もギョッとする。男はこの暑いのに黒のハイネックとこげ茶色のスラックスを穿《は》いてほとんど肌を見せていない。けれど首元や手の甲など、わずかに見える部分に赤茶けた包帯を巻いていて、洋服の奇妙に膨らんだ加減から、恐らく全身に包帯が及んでいるのではないかと玲司に想像させた。

唯一包帯を巻いていないのは顔の右半分だけだ。けれど、その目元や口元には痛々しい青痣や切り傷が残されている。こめかみにはまだ完治していない火傷《やけど》の痕。頭に巻かれた包帯で途中から見えなくなってしまうが、火傷は頭部にまで達しているかもしれない。

まるで拷問でも受けた後のようだ、と考えて、玲司は息を飲んだ。

右半分だけ見える男の顔には、見覚えがあった。所々内出血の痕があり、ひどく打たれたように腫《は》れ上がってはいたが、恐らく間違いない。

（……成井の建築会社の――……大河内さん）

自称、経理担当。そして二ヶ月前、玲司に重いボディーブローを叩き込んで車で連れ去ろうとした男だ。

大河内は赤く濁った目で玲司を見下ろすと、幾度かガチガチと歯を鳴らした。潰れた喉の奥から、しわがれた声が漏れる。

「サツに捕まった方がまだマシだった……」

それはどこかで聞いたことのある言葉で、玲司は記憶の糸を手繰り寄せる。あれは確か、そうだ、加賀美だ。加賀美が同じようなことを言っていた。警察に捕まった方が安全だと。組の構成員が民間人に危害を加え、それが警察沙汰《ざた》になった場合、組長が出頭することがあるのだと加賀美は言った。そして当事者には、組からの制裁が与えられるのだと。

まさかあれは本当だったのだろうか。あまりに加賀美が飄々と語るものだから、話半分で聞いていたのに。

大きく目を見開いて硬直する玲司に、大河内がゆらりと手を伸ばしてくる。

その包帯で覆われた手を見て、玲司の背にゾッと冷たいものが走った。

大河内は右手の指を幾本か欠損しているようだった。以前会社の事務所で見たときはそんなふうに見えなかったのに。そしてさらに、口を薄く開けた大河内の歯が、やはり大分欠落しているのを見て玲司は呼吸すらままならなくなる。

ヤクザを相手に仕事をしてきて、もう何度も危ない目に遭ったつもりでいた。実際痛い目にも遭って、それなりに対処法も身につけた気になっていたけれど、やっぱり自分は民間人で、まだこの暴力がすべてを支配する組織の表層にしか触れていなかったのだと思い知る。

自分はなんてものと対等に渡り合っているつもりになっていたのかと蒼白になる玲司の肩を、やおら大河内が両手で押してきた。そのまま大河内が無造作に体重をかけてきて、まったく体勢を整えていなかった玲司は横倒しに地面に押し倒された。

耳元で勢いよく響くジャリの音。肩を強《したた》か地面に打ちつけ玲司が呻《うめ》くと、大河内はベンチをまたいで玲司に馬乗りになった。そうして玲司の襟首を掴むと、熱に浮かされたように何やらぶつぶつと低く呟き始める。

「お前のせいで……お前なんかに手を出したばっかりに……まさか……まさか北川にチクるなんて……いつもはへらへらしてるだけの臆病な男が、北川なんかに、今までは一度も、それなのにどうして俺だけ、運がねぇ、運がねぇよぉ……！」

なんで俺だけ、と悲鳴のように叫んで、男が包帯で覆われた拳を振り上げる。

玲司は思わず目を瞑る。容赦なく振り下ろされようとしたそれを泰然と見ていられるだけの度胸も余裕もなくて、とっさに襲い来る拳から目を逸らす。

けれど、しばらく経っても体にめり込むような痛みはやってこない。

もしかすると、何事かと大河内を見上げた途端に鉄拳が降ってくるのではないか。そんなことを想像してなかなか目を開けられずにいる玲司の耳に、聞き慣れた声が飛び込んできた。

「――……誰に手を出してるつもりだ？」

ハッと玲司は目を見開く。

それは自分が知っている声より大分低く、抑揚も乏しかったが間違いない。

玲司はためらわずに背けていた顔を上げる。最後の夕日が瞳を射す。

見上げた先に、振り上げた大河内の手を後ろから掴む、加賀美がいた。

その瞬間、無条件の安堵感に玲司の体から力が抜けた。と同時に、どれだけ自分がこの状

況に怯えていて体を強張らせていたのか思い知る。

脱力して加賀美を見ていると、加賀美はもう一度大河内の耳元で呟いた。

「なぁ、誰に手を出してるつもりだ……？　単なる町の税理士か？　それとも」

大河内の手首をいったん離し、加賀美はその手で大河内の襟首を掴む。そのまま片腕で体《たい》躯《く》のいい大河内の体を引きずり上げると、加賀美は荷物でも投げるように大河内の体を地面に投げ飛ばして続く言葉を口にした。

「それとも、俺の税理士か？」

そう言って、加賀美は大河内を見下ろし薄く笑った。

玲司はまだ地べたに寝転がったままその姿を見上げ、幾度も目を瞬かせる。

だって加賀美はこんなに大きな男だったろうか。こんなにも、剣呑な目で笑う男だったろうか。ダークスーツを身に纏い、真っ直ぐ背を伸ばして立つ加賀美は異様な存在感を放ってそこにいた。

突然現れた加賀美に呆然とする玲司とは対照的に、大河内の対応は素早かった。

すぐさまその場に立ち上がると、加賀美に向かって頭からがむしゃらに突っ込んでいく。

「チクショウ！　お前みたいな片腕が……片腕が偉そうに――……っ…！」

「そうだな、確かに片腕だ。でも」

加賀美は最後まで冷静で、突進してくる大河内を半身になって避けると、そのまま公園の外へ逃げ切ろうとした大河内の腕を素早く摑んで自分の方に引き戻した。

「力なんてなくても、人間の関節の向きと力学さえ知ってりゃ骨くらい簡単に折れる」

前のめりになった大河内の右手を自分の左肩に押しつけると、加賀美は伸び切った肘にためらわず左の手刀を振り下ろした。

玲司には、加賀美がさほど力を入れたようには見えなかった。けれど大河内は小さな公園に響き渡るような悲鳴を上げ、腕を押さえて地面を転げ回る。

加賀美は冷徹な目でそれを見下ろしてから、大河内の傍らに歩み寄って肩を踏みつけた。そうして無理やり大河内を仰向《あおむ》けにすると、上からその顔を覗き込んで低く告げた。

「あの先生はうちでお世話になってるが、あくまで一般人だ。妙なちょっかい出すと、また組の中で痛い目に遭うぞ……？」

遠目にも、一瞬で大河内の顔が強張るのがわかった。瞳が恐怖に見開かれる。

加賀美は唇の端で薄く笑うと、大河内の肩を蹴って、行け、と短く言い放った。

這々《ほうほう》の体で大河内が公園を出ていく。その様を、玲司はまだ地面に座り込んだまま見送った。そうして完全に大河内が見えなくなると、今度は加賀美が傍らにやってくる。

「いつもは時間通りに来る奴がなかなか来ないから探しに来てみれば……大丈夫か、先生」

ひと仕事終えた後のように、やれやれ、とでも言いた気に加賀美が腰を下ろす。その問いかけに頷くことも首を振ることもせずひたすら加賀美を見上げていると、加賀美は唇の端を持ち上げてニッと笑ってみせた。

「どうだ、大分ヤクザらしくなってきただろう?」

こんなときに、随分のんきな言い種だ。縄跳びの練習でもしていた子供が、上手になったでしょう、と親の袖を引くような。

そんなことを思ったら、いつの間にか玲司の頬にも笑みが浮かんでいた。まだ幾分引きつったそれではあったが、玲司の表情が緩んだのを確認して加賀美も笑みを深める。そして、ごく自然な仕種で右手を伸ばすと、玲司の髪についた砂を払ってやりながら囁いた。

「もう成井の連中がアンタに絡んでこないよう手は回しておくから、安心しろ」

加賀美の言葉は、力強い。ほんのつい最近まで店に石を投げ込まれても諦めた顔で笑っていたのに、人間変われば変わるものだ。幾分落ち着いてきた玲司が小さく頷くと、加賀美は玲司の髪から頬へゆっくりと指先を滑らせた。

「なぁ先生……俺はあれから、いろいろ考えてみたんだが」

加賀美の乾いた指の感触にドキリと心臓が飛び跳ねたが、玲司はそれを無視して真っ直ぐに加賀美を見詰め返す。加賀美の言う『あれから』というのは、前回加賀美と応接室で話をしたときのことだろう。加賀美に、結局アンタは自分の父親を殺した無知な経営者を憎んでるだけなんだろう、と責められたときのことだ。

あのときは心の一番柔らかい、隠しておきたい部分を抉《えぐ》られたようで大分動揺した玲司だが、今は随分と凪いだ心境でその言葉を思い返すことができた。その証拠に一時も加賀美から視線を逸らさない玲司を前に、加賀美の方が言葉を探して視線を地に落とした。

「考えてはみたんだが、俺はやっぱり頭が悪いからよくわからなかった。……だから、ひとつだけ聞かせてくれ」

加賀美が顔を上げる。端整な顔がこちらを見る。先程大の男を難なく自分の足元に這わせてしまった冷たい顔とは別人のような真摯《しんし》な表情で、加賀美は真っ直ぐ問いかけた。

「アンタがあんなに熱心に俺たちの指導をしてくれたのは、変えようとしてくれたのは……何もしようとしない俺たちが憎かったからか？」

頬に触れていた加賀美の指が、ゆっくりと離れる。

それを目で追いながら、玲司は父親の葬儀を思い出していた。

ひそひそと親戚連中が父の死因について噂し合い、本当に脱税をしていたんじゃないかと囁き合う中、母はひどくいたたまれない様子で顔を伏せていた。その隣で、自分は決して父親のような税理士にはなるまい、と玲司は思った。そして、父親のような税理士を作ってしまう経営者も、極力改善していくべきだ、とも。

あのとき、がむしゃらに前へ進もうとする動機に、無知な経営者への恨みや憎しみがなかったとは言いきれない。確かにそういう感情はあった。あったけれども、今は違う。

ミラー中古車店の従業員たちにも最初こそ憤りや不満があったが、彼らは自分に応えて変わってくれた。それを目の当たりにすることで、玲司はむしろ自分が救われた気分になったのだ。やるだけ無駄だ、と周りから馬鹿にされ、必要ないと突っぱねられるようなことでも、いつか誰かの役に立つのだと。

無益にしか見えなかった父の行動も、もしかすると誰かを救っていたのかもしれないと、初めてそう思えるようになったとき、玲司はミラー中古車店の従業員を近しく感じるようになっていた。

口が悪くて感情的だが、意外にも粘り強く経理の勉強を続けた水木も、のらりくらりと適当な仕事をしながらも要々で他のメンバーをフォローする紺野も、嘘もつけなければ融通も利かないが生真面目に玲司の指導に耳を傾けてくれた榎田も、体が大きく強面ながら実は一番気の回る本田も。そして今、目の前でジッと玲司の答えを待つ加賀美も。

かつて経営や経理に無知だった、けれど今はこんなにも歴然と変化を遂げた彼らを憎んでいるかと問われ、玲司は淡々と答えた。

「――――いいえ」

たった一言。一言だけ。

玲司はきっぱりと言い切って唇に薄い笑みを含ませる。

緩やかにほころんだその口元に加賀美は一瞬目を奪われたような顔をして、それから自分も顔中に笑みを咲かせた。

「なら、いい」

子供のように無防備に加賀美が笑う。先程の凄みを帯びた表情など消し去って。

加賀美は勢いよく膝を伸ばしてその場に立ち上がると、玲司に右手を差し伸べた。

「だったら早く会社に戻るぞ。あいつらも待ちくたびれてる頃だろ」

「あいつらって、従業員の皆さんですか？」

他にいるか？　と目顔で加賀美に問い返されたが、玲司はあまり合点がいかない。基本的に玲司の訪問を待っているのは直接業績内容についての説明を受ける加賀美だけだ。水木でさえ、最近は資料を手渡すくらいでさほど玲司と話をすることもなかった。

わけがわからないまま、玲司は差し出された加賀美の手を取った。次の瞬間ふわりと体が浮いたようになって玲司は目を見張る。何事かと思ったら、どうやら加賀美が勢いよく玲司の腕を引いてくれたらしい。

予想外の腕の強さに、玲司はその場に棒立ちになる。成人男性ひとりを片腕で軽々と引き上げてしまえるその腕力に、一瞬言葉を失った。

玲司が地面に落ちていた鞄を取り上げるのを待って、加賀美は事務所に向かって歩き出す。その背中を見てから、玲司は加賀美に掴まれた自分の右手に視線を落とした。

本当に、大した力だった。本気で自分の体が浮いたかと思うほどの、失われた左腕の機能を補って余りあるような——……。

そう考えた直後、玲司は掌から視線を跳ね上げると、すでに前を行く加賀美に駆け寄った。

「右腕、鍛えていましたね？」

藪《やぶ》から棒に尋ねると、加賀美はちらりと玲司を見下ろして曖昧な笑みを横顔に浮かべた。

「まぁ、末席とはいえ一応北川組に席を置いてたからな。いつ何時危険な目に遭うかわからないわけだし？」

「もしかすると貴方、最初からちっとも諦めてなんていなかったんじゃないですか」

まっとうなヤクザにすらなれない、なんて諦めたような目で言っていたくせに。いつかは北川の中枢に至るため、のし上がる機会を窺っていたのではないか。

そんな疑いを含んだ目で見上げていると、加賀美は首を回してやっと真正面から玲司の視線を受け止めた。

「いや……あんたが背中を押してくれなきゃ、ずっと右腕鍛えるだけで燻ってたよ」

横顔に夕日を受けながら、加賀美が薄く目を細める。そうして左手を伸ばすと、加賀美は子供にそうするように玲司の頭を撫でた。

玲司は顔を顰めてその手を振り払おうとしたものの、直前でやめる。

敵対する相手を一閃《いっせん》で地面に叩きつけ、力強く玲司を引き上げた右手とは対照的に、もはやどれだけ鍛えても力の戻らない左手は、なんだか切ないほどに優しかった。

まだ夕方の五時を過ぎたばかりだというのに、やってきたミラー中古車店の一階にはなぜか明かりがついていなかった。

不思議に思って尋ねる代わりに視線を向けたが、加賀美は横顔で笑うばかりで何も言わない。

そのまま二階へ導かれ、階段を上ってすぐのところにある事務所の扉の前で加賀美が振り返る。自分は扉の脇に立ち、どうぞ、と中へ入るよう促されて、玲司は常にない対応をいぶかりながらも扉を開けた。

「やっと到着かよ！　おっせー！」

扉を開けた瞬間、中から水木の罵声とも歓声ともつかない声が響いてきた。次いで鼻先をくすぐった食欲をそそる匂い。夏の最後の空気と共に、華やいだ気配が玲司の体を取り巻いて流れていく。

目を見張ったその先では、折りたたみ式の大きな長方形のテーブルと、テーブルを囲むようにして立つミラー中古車店の面々がいた。いつも仕事に使うデスクはすべて、部屋の端に押しやられている。

玲司はドアノブを摑んだまま目を瞬かせる。

皆が囲むテーブルの上にはケータリングと思《おぼ》しき料理の数々にビールの缶、日本酒や紙コップに、まだ袋に入ったままのつまみがずらりと並んでいる。

何事か、と傍らの加賀美を見上げると、加賀美は腕を組んで壁に寄りかかったまま、楽し気に目を細めた。

「税理士さんってのは年の終わりが近づくと、方々の会社から書類かき集めたり、一年間の給料の計算したり、年末調整だの扶養控除だので目が回るほど忙しくなるだろう?」

「え……えぇ、まぁ……」

確かに加賀美の言う通り、税理士の繁忙期は年の瀬だ。冬が近づくほどに慌ただしくなる。そういえば前回、ちらりと加賀美にもそんなことを漏らしたか。

とはいえその事実と目の前の光景が未だ繋がらず玲司が目を瞬かせていると、加賀美は種明かしでもするようにそれを告げた。

「だからな、ちょっと早めに忘年会をやっちまおうって話になったんだ。年末は忙殺されるんだったら、まともに忘年会に呼んでも来てくれないんじゃないかと思って」

玲司はただただ加賀美を見上げることしかできない。言っていることがよくわからなくて。

確かに、税理士が最も多忙になる年末に忘年会の誘いがあっても、十中八九それは断ることになるだろう。けれどそれ以前に、玲司は取引先から忘年会に誘われたことなどない。

それなのに、これはいったいなんだろう。玲司を誘うだけでなく、年末は玲司の体があきそうもないからとわざわざ三ヶ月も日を早めて忘年会をしようだなんて。

「……意味が、わかりません」

半ば呆然と玲司が呟くと、加賀美は困ったような顔で肩を竦めた。

「まぁさすがに早すぎた感もあるけどな。いいじゃねぇか、半期も終わってちょうどきりもいいし」

そうではなく、どうしてわざわざ自分を交えて忘年会をしようとしているのかがわからないのだと玲司は言おうとしたのだが、加賀美はいいから、と笑って玲司の背中を押した。

「なんでもいいから皆アンタと一緒に飲みたかったんだよ。あのキツイ中間申告を乗り切った者同士、お疲れって思いっきり乾杯したかったんだ」

それだけだよ、と言って、テーブルを囲む従業員の輪の中に加賀美は玲司を押し込む。

テーブルの上には当たり前のように用意された六人分の取り皿と箸、紙コップ。

六人。水木と紺野、本田と榎田、それから加賀美と、自分の分か。

取引先とは常に対立することが多かった玲司だから、こういう扱いには慣れていなくて、ひどく戸惑う。そんな玲司の手に、水木が乱暴に紙コップを押しつけてきた。

「こんな日に遅刻してくんなよ！　腹減って倒れそうだっつの！」

次いで玲司の空の紙コップに、本田がビール瓶を寄せてきた。

「先生はビールでよかったですか」

戸惑いながらも頷くとコップに琥珀《こはく》色の液体が注ぎ込まれ、反対側から榎田が来た。

「取り皿と箸はきちんと回っていますか？　お絞りもありますから、どうぞ」

玲司が片手にお絞り、片手にビールの注がれた紙コップを持ったのを確認してから紺野がだるそうに加賀美を呼ぶ。

「じゃあ、全員揃ったところで社長、乾杯の音頭とってくださいよ」

本田からコップを受け取った加賀美が肩を竦める。こういうのはあんまり得意じゃないんだが、なんてぼやきつつも前に出ると、加賀美は全員の顔を見回した。

「それじゃあ……一度は倒産の危機に立たされたもののなんとか前期を乗り切ったお前たちの健闘を讃えて。それからうちのために陰日向なく尽力してくれた先生に感謝を込めて」

斜め向かいで加賀美が玲司に目配せする。一瞬その場の全員が玲司に視線を向けた気がして玲司が瞬きすると、流れた視線を自身に引き戻すように加賀美が高らかな声を上げた。

「乾杯！　ちょっと早い忘年会だ、思いっきり飲んで食え！」

乾杯、と全員が唱和する。それぞれがコップに口をつけ、刹那《せつな》の静寂の後、誰からともなく拍手が上がった。続いて皆めいめいに料理へと手を伸ばし始め、事務所内がいっぺんに騒がしくなる。

「から揚げにレモンかけるぞ、いいかー？」

「コロッケ五個しかないじゃん！　早い者勝ちだ、俺の取るなよ！」

「ピザ取ったらおまけにジュースついてましたよ、二本」

「水木にやれよ、酒飲めないんだから」

「水木さん、そのコップに入っているのはまさか?」

「違ぇよ! ウーロン茶!」

「紺野ー、お前煙草は下で吸えって何度言ったら……」

弾んだ声が飛び交い、料理の匂いが混ざり合う。テーブルに並んだ料理もあっという間に消えていく中、紙コップを手に加賀美が玲司の元へとやってきた。煙が染みるのだろう。何度も涙目を瞬かせながら、加賀美は玲司の手元を覗き込む。

「食ってるか? 先生」

目の前で大騒ぎしながら料理を頬張るミラー中古車店のメンバーを見ていた玲司が反射のように頷くと、加賀美はまだまったく汚れていない玲司の皿を見下ろして苦笑した。

「ぼんやりしてると全部あいつらに食われちまうぞ。特に水木はあんな細い体してるくせに人一倍ガツガツ食うからな」

ほら、と指を差された方向を見れば、ちょうど水木が大きなシュウマイを口に押し込んでリスのように頬を膨らませているところだ。

傍らで、加賀美が笑みをこぼした。その柔らかな気配につられ、玲司の口元もほころぶ。本当に、こうして隣に立っているとこの男が極道者だなんて忘れてしまうくらい、普段の加賀美は穏やかな雰囲気を纏っている。

(……心地がいい)

視線はテーブルを囲む従業員たちに向けたまま、でも全身で加賀美の存在を感じて玲司は思う。加賀美の傍らは居心地がいい。なぜか無条件に安心する。あの大きな体で、優しい眼差しで、見守られているのだと感じられる。

（ずっとこうしていられたらいい……）

手の中でビールが温んでいくのを感じながら、玲司はぼんやりと考える。

ずっとこうして、加賀美の傍らで。それはとんでもなく幸福なことのように思えた。

（……でも、いつかはこの場所に加賀美さんの細君が立つんだろう）

そのときは、きっと自分はここにいない。

加賀美はもう玲司に構っている暇などなくなってしまうだろうし、玲司も加賀美と細君が仲睦《なかむつ》まじく寄り添う姿などまともに見ていられないだろう。

（——……今だけ、か）

玲司はコップの中に視線を落とし、グッと腹に力を入れると一息でそれを飲み干した。

「お、先生いい飲みっぷりだな」

玲司は唇の端に笑みを浮かべる。表情は笑みをかたどったのに、なぜか鼻の奥が痛んだ。慣れないビールなんて一気に飲んだせいだろうか。我知らず奥歯を噛むと、テーブルを囲む人の輪の中で水木が大声を張り上げた。

「おい！　コロッケ最後の一個だぞ！　社長とアンタとジャンケンしろよ！」

口元に浮かんだ笑みが深くなる。それなのに喉の奥から何かが迫り上がってきそうになって、玲司は大股でテーブルに近づいた。

「後出しなしな、先生」

笑いの滲んだ声が背中からついてくる。玲司も笑いながら、泣きそうだ、と思った。


日が落ちる頃に始まったミラー中古車店の忘年会。

最初は人の輪から少し離れた場所に立っていた玲司も、皆に背を押され輪の中に入ってからは、酒を注いで注がれて乾杯をして、いつの間にやら結構な杯を重ねていた。

そうして気がつけば時刻は夜の九時も過ぎる頃。

テーブルの端に置かれた取り皿を取ろうと一歩踏み出したら足がもつれて、さすがに飲みすぎたかと玲司は部屋の隅に移動した。頭がぼんやりして顔が熱い。足元も覚束《おぼつか》なくて、眼鏡をかけているはずなのに外しているときのように視界がぼけた。

周りも大分出来上がっているようだ。普段無口な本田でさえ豪快に声を上げて笑っている。

そんな中、加賀美だけが人の輪から外れた玲司に気づいて壁際までやってきた。

「どうした先生、気分でも悪くなったか？」

紙コップを片手に、加賀美は自分も壁に背をつけて玲司の顔を覗き込んでくる。

アルコールはいつの間にかビールから日本酒に変わっていて、加賀美も随分と酒を飲んでいるはずなのにほとんど顔色が変わっていない。水のようにすいすいと日本酒を喉に流し、実に美味そうに相好を崩す様は見ていて気持ちがいいくらいだ。

　玲司は首を横に振ったものの、グラリと頭が傾いてしまって自分でも相当に酔っていることを自覚する。

　そんな玲司を見て加賀美は苦笑を漏らすと、やおら玲司の耳元に唇を近づけてきた。

「なぁ先生、もう十分腹もいっぱいになったし酒も入った。……そろそろ綺麗どころが必要じゃないか？」

　すぐ側で加賀美の声がして、玲司の心臓がギュウッと収縮する。息を吹きかけられた耳が熱い。最後に一度、力一杯抱きしめてやろうか。そんなことを脈絡もなく、けれど切実に思ってしまう自分はやはり大分酔っているようだ。

「必要ありません。……皆さんと飲んでいるだけで十分楽しいですよ」

　玲司は幾分泳ぎがちな視線を、真っ直ぐ前に向けて答えた。そうして素面《しらふ》を装ったもののやはり心のどこかでネジが緩んでいるようで、らしくもない台詞が口を突いて出る。

　柔らかな玲司の物言いに加賀美は少し驚いたような顔で、でもすぐに「いやいや」と玲司の肩を抱いてきた。

「そう言うなって。実は先生のために、ひとり別嬪《べっぴん》さんを用意したんだ」

　親しい仕種で肩を抱き寄せられ、玲司の心臓が跳ね上がった。そこに玲司の望むような感情などないとわかっているのに、やっぱり玲司の胸は騒いでしまう。

無自覚になんて残酷なんだと、玲司は加賀美から顔を背けた。

「キャバ嬢でも呼んだんですか。あいにくですが私はそういうものには——……」

「違うよ。でも是非アンタにお酌したいって準備してくれたんだ。俺もアンタに紹介したい」

妙に含みを持たせた言いように、玲司は眉を顰めて加賀美を見上げる。加賀美は玲司の肩を抱いたまま、宝物を披露する子供のような得意気な顔で笑った。

「きっとアンタ、びっくりするよ」

その顔を見上げ、酔った頭で玲司は考える。綺麗どころ、と加賀美は言った。そして、自分に紹介したいとも。そうしたら玲司が驚くだろうと、加賀美はそう言っている。

(あ…………)

唐突に気づいたそれに、玲司は小さく目を見開いた。

綺麗どころ。加賀美の嬉しそうな顔。紹介したいという、その言葉の意味。

(————加賀美さんの婚約者)

アルコールに浸され緩慢になった頭の中で、自分の言葉がやけに低く響き渡る。それは耳の奥で幾度も反響を繰り返し、やがて耳鳴りになって、玲司は眉根を寄せきつく目を瞑った。

「……結構、です」

俯いて、それだけ言うのが精一杯だった。喉が震えて、胃の内容物が逆流しそうだ。

「おい？　どうした？」

急に俯いてしまった玲司を気遣って、加賀美が優しく背中を撫でてくる。顔を上げて見なくても、背中を撫でるのが加賀美の左手だろうことは疑いようもなかった。

だってこの手は、こんなにも優しい。優しくて、残酷だ。

その手に促されるように、玲司は震える喉から声を絞り出した。

「私は――……お会いするべき立場の人間ではありません。……一介の税理士ですから」

本音は、見たくない。加賀美とその婚約者が仲睦まじく寄り添う姿など見たくない。加賀美が先程自分にそうしたように他の誰かの肩を抱く姿など、本当に見たくなかった。

加賀美はしばらく黙って玲司の背中を撫でていたが、一瞬その動きを止めるとやおら玲司の耳に唇を寄せてきた。

「でも、もう準備できちまったみたいだぞ」

言うが早いか、唐突に加賀美が玲司の耳の端を噛んだ。

予想外の行動に驚いて、玲司は悲鳴じみた声と共に俯けていた顔を上げてしまう。

玲司の反応を見た加賀美が声を上げて笑って、歓談していた従業員たちがこちらを振り返った。それを待っていたように、加賀美が張りのある声を部屋中に響き渡らせる。

「いいぞ！　入ってこい！」

言葉の端から事務所の扉が開いて、外から誰かが入ってきた。

玲司は見たくなかったのに、否応もなくその姿を目の当たりにする羽目になる。

現れたのは、細身の女性だ。金髪に近い明るい髪を綺麗に巻いて、鮮やかなピンクのドレスを身に纏っている。

そのドレスを見た瞬間、玲司は思い出す。それがいつか隣の応接室で見たダンボールの中に入っていたものだと。そしてその中身は、加賀美が婚約者のために用意したものだと。

（やっぱり――……）

玲司の手から紙コップが落ちた。わかっていたつもりでも、現実を見せつけられるのはやはり辛《つら》い。あれがこれから加賀美の傍らに立つ人なのかと思ったら、泣き喚いて部屋から逃げ出したくなった。彼女が近づいてきたら、自分はきちんと会釈ができるだろうか。

（できるわけがない……）

玲司の視界がぼんやりと潤む。取り落とした紙コップが靴の先を叩く感触があって、中身も一緒にかかったのだろう。爪先がじんわりと冷たくなった。

アルコールが入っているせいか、普段より感情のキャパシティが狭くなっている気がした。これは本当に耐えられない、と玲司が息を震わせると、突然事務所の入口に立った女性が声を張り上げた。

「あー！　こぼしてんじゃねぇよ！　掃除が面倒臭いじゃねぇか！」

細身の、整った顔立ちをした女性が発したとは思えないその乱暴な口調に、直前までの玲司の感傷が吹き飛んだ。ギョッとして目を見開くと、女性はドレスの裾を捌《さば》いて大股で玲司の元までやってくる。

「いつの間にこんなに飲ませたんだよ！　ほどほどにしとけって言っただろ！」

そう言って怒ったような顔で玲司の足元に転がる紙コップを拾い上げる女性の声に聞き覚えがあることに、そこでようやく玲司は気づいた。

いや、これは聞き覚えなんてものじゃない。つい先程まで聞いていた、この声は。

「――……水木、さん？」

コップを取った人物が立ち上がって玲司を見上げる。

こうして見ると、確かに間違いがない。酔って視界もぼやけていたせいで、遠目にはまったく気がつかなかった。けれど目の前にいるのは確かに、巻き髪のウイッグをかぶってピンクのドレスに身を包む、水木だ。

どうして、と玲司が呟くより先に、水木は怒ったような顔をコロッと変えた。

「一晩限りの夢の都、クラブ『ミラー』へようこそ、黒崎先生～！」

言うが早いか水木が玲司の首に思いきり抱きついてきて、玲司はその場でたたらを踏んだ。目を白黒させる玲司と、かつてないほど機嫌よくニコニコと笑って玲司の首にすがりつく水木を見て、紺野が腹を抱えてゲラゲラと笑う。

「水木、相変わらずお前スゲェな！　もうちょっと黙ってりゃ先生も本気でしばらく気づかなかったんじゃねぇの!?」

「そういやお前、別人を装って本気で先生を口説き落とすって言ってなかったか？」

本田も面白そうに笑いながら玲司にべったりとなつく水木を見ている。

水木は相変わらず玲司の首に抱きついたまま、そうだよ、と唇を尖らせた。

「そのつもりで女物の下着まで用意してたんだからな！　でも仕方ないだろー、榎田さんがネタばらししちまうんだから。なんで聞かれたからって全部ぺらぺら喋っちゃうんだよ！ドレスも靴も先に見られちまって、これじゃあ騙《だま》しようがないだろ！」

「しかし聞かれたものですから、質問には答えないと」

こんなときまで生真面目に答える榎田の肩を、紺野が笑いながら横から叩いた。

「でも水木、だから俺ちゃんとフォローしてやったじゃねぇか。社長が婚約者にプレゼントするやつだって」

「あんな嘘バレバレだっつの！　誰が信じるんだよ！」

「なんだとぉ！　元詐欺師舐《な》めんなよ！　とっさの嘘にしちゃあよくできてたし、先生だってかなり本気で信じてたって！」

水木と紺野が言い争う。それを本田が笑って見ている。榎田は柿《かき》の種をぽりぽりと食べていて――――そして加賀美は、薄く笑って玲司を見ていた。

瞬間、玲司の頬がカッと赤くなる。

だってわかった。やっとわかった。自分がずっと勘違いをしていたことに。

嘘だったのだ、加賀美に婚約者がいるなんて。紺野がついた即席の嘘を、自分はすっかり信じ込んでいたのだ。

玲司は片手で口元を押さえる。自分でもどんな種類の感情なのかとっさには理解できないくらい激しいものが胸の奥から湧き上がってくる。なんてことだ、耳がひどく熱い。こめかみの横に心臓があるように、自分の心音がやけにはっきりと聞こえる。

そのままズルズルと壁に背をつけて玲司が座り込むと、やっと水木の腕が離れ、上から威勢のいい声が降ってきた。

「とりあえず、ここからが忘年会第二部だから！　隠し芸大会始めるぞ！」

水木が叫んで、周りから歓声が上がった。

「榎田さんはまたひょっとこ踊りすんの？」

「俺は手品だ。今年は新作揃えてきたぞ～」

「俺はプロレス技披露」

「誰が技かけられる役やるんだよ！　本田さんのは洒落《しやれ》にならねぇって！」

浮かれ狂った、華やいだ声。アルコールの匂いが充満する。ゲラゲラとたくさんの人の笑い声と、拍手、口笛、言葉の波。

無数の音と光が混ざり合い、玲司の意識はゆっくりと溶けていく。

薄れていく視界の中、榎田のひょっとこ踊りは本当に職人技に近い、と思ったような思わなかったような。朧《おぼろ》な記憶を最後に、玲司の意識は緩やかに途切れた。


ぱらぱらと紙をめくる音。瞼の裏に微かな光の気配。

夏が終わる匂いがする。首筋にひやりと秋の冷気が忍び寄る。

ここはどこだ。ぬくもりの消えた夕暮れの縁側。

うたた寝から目覚めて瞼を開けると、縁側からひと続きになった父の書斎が見える。

紙の擦れ合う音。遠くに父の背中。机に向かって書き物をしながら、時折電卓を叩く骨張った指。机の脇に法律の本。分厚い資料。大きな地図。忙しそうな後ろ姿。

(そうか……路線価が出たばかりだから――……)

そう思った瞬間、まだ子供だったはずの玲司はいっぺんに現在に引き戻される。瞼を開けると実家のものとは違う天井が見えて、重たい瞬きを何度か繰り返してやっと、夢を見ていたのだと気がついた。

それなのに、まだぱらぱらと紙をめくる音は続いている。

なんだろう、と音のする方に顔を向けると、机に向かう大きな背中が目に飛び込んできた。

父と似ている。でも違う。口を開こうとすると、机に向かっていたその背が動いた。

「お、起きてたのか」

振り返ったのは、加賀美だ。

机上のランプだけつけて手元の資料をめくっていた加賀美は、玲司に気づくとそれを脇に寄せ、机の上に置いてあったペットボトルを手に椅子から立ち上がった。

こうして加賀美の私室で目を覚ますのは二度目だ、とベッドの上で玲司がぼんやり考えていると、加賀美がベッドの端に腰を下ろしてきた。

「大丈夫か？　アンタ下で眠っちまってたんだよ。皆が隠し芸大会やってる間に、気がついたら壁に背中預けて熟睡してた。調子に乗って飲ませすぎちまって、悪かったな」

「そう……だったんですか。……他の皆さんは？」

加賀美は短く、もう全員帰った、と告げてペットボトルの蓋を開ける。いつか見たときと同じように、左の脇にボトルを挟んで右手でキャップをひねる姿を見るともなしに見ていると、飲むか？　と加賀美に問われた。言われてみるとひどく喉が渇いていて、玲司は言葉もなく頷く。加賀美は横顔で笑うと、なぜか自分が一口水を飲んだ。

加賀美も喉が渇いていたのだろうか。玲司はそう思う。起きがけで、その上まだ体に残ったアルコールが重く頭に淀む状態ではそれ以上のことも考えられずに。

だからその後、加賀美が枕元に手をついて身を屈めてきたときも反応が遅れた。加賀美の顔が随分と近い、と思ったときにはもうすでに、玲司は加賀美に唇を塞がれていた。

目を見開く。同時に加賀美の唇から冷たい水が流れ込んでくる。無防備にそれを口腔《こうこう》に受け入れてしまった玲司は、水を気管に入れてしまい大きくむせた。

「ちゃんと飲めよ」

唇を離し、未だ玲司に顔を寄せたままで加賀美が笑う。

その笑顔があまりに平和だから、玲司はわけがわからない。

だって今、口移しで、いやそれ以前に、キスをされたのではないか。

「なに、を……貴方は——……っ…」

何をするつもりだ、何を考えているのだと、頭の中でたくさんの言葉が渦巻くのに結局それはどれひとつ口にすることができなかった。そうして唇だけパクパクと上下させる玲司を見下ろし、加賀美はなんでもないことのように言ってのける。

「喉が渇いてるんだろう？」

それはそうだが、と反論する前に加賀美は再びペットボトルを呷ると水を口に含み、玲司の方に身を倒してきた。

加賀美の秀麗な顔が近づいて、玲司は全身を硬直させる。

恐らく、顔を背けて抵抗しようと思えば、できた。

けれど玲司はそれができず、もう一度加賀美の唇を甘受してしまう。だってどうやって抵抗すればよかったのか。触れられたいと切実に願っていたのは、自分の方なのに。

今度はゆっくりと、少しずつ唇の隙間から水が流れ込んでくる。玲司は抵抗らしい抵抗もできぬままそれを喉に流し、そっと加賀美を窺い見た。

男同士で唇を寄せているというのに、加賀美は平然とした表情で目を閉じている。その切れ長な目元を見詰め、もしかすると加賀美も酔っているのだろうかと初めて思った。

思い返せば加賀美も結構な量の酒を飲んでいた。素面に見えるのは表面だけで、実はいろいろな判断が正常にできなくなる程度に泥酔しているのではないか。

(そういう……ことなら——……)

抵抗する振りもしなくてもいいだろうか。そんなことを玲司が頭の片隅で考えていると、突然加賀美が閉じていた目を開けた。

この上もないほどの至近距離で互いの視線が交わって、玲司は小さく息を飲む。加賀美は薄く目を細めると、玲司の唇を柔く噛んでからゆっくりと唇を離した。

「……アンタ、俺に婚約者がいると思ってたんだって?」

唐突に、なんの前触れもなく問いかけられ、玲司の体からスゥッと血の気が引く。次いで、心臓が一足飛びに速度を増した。

(やっぱりこの人、酔ってない)

酔っているにしては加賀美の声は冷静だ。だったら下手な返答はできないと、玲司の表情がいっぺんに硬くなる。それを見て、加賀美は微苦笑を口元に浮かべながら身を起こした。

「水木に聞いたぞ。今日水木が着てた服をアンタが見つけたときのこと。その後一日中上の空で、普段のアンタからは考えられないようなミスの連発だったらしいな」

玲司は返す言葉を失う。違う、と言ったところで、目撃証人が多すぎる。確かにあの日の自分は、加賀美の婚約話にショックを受けて仕事なんて手につかなかった。

黙り込む玲司の前で、加賀美はペットボトルの蓋を閉めながら楽し気に口を開いた。

「その後すぐに、もううちの事務所には来たくないなんて……失恋した相手の顔は見てられないってところか?」

「何を馬鹿な」

とっさに玲司は反論する。いつにも増して冷たい声で。

だってこの口ぶりでは、加賀美にはもう玲司の恋情が正しく伝わってしまっている。だとしたら、この後の加賀美の反応なんて知れている。

勘弁してくれよ、と、笑いながらいたぶられ、切って捨てられるに決まっている。

そのときに、傷ついた顔を加賀美に見せたくなかった。最後まで気丈に振る舞っていたかった。それは惚《ほ》れた相手に対する、玲司なりの男の意地だったのかもしれない。

そんな玲司のきっぱりとした声に加賀美はわずかに驚いたような顔をしたが、すぐ唇に笑みを刷いて床にペットボトルを置いた。

「俺もな、最初に水木からその話を聞いたときは何を馬鹿なって思ってたんだよ。俺に婚約者がいたくらいでなんで先生がうろたえるんだ、惚れられてるならまだしも、ってな。そんな馬鹿な、あり得ないって。――……今日、アンタの顔を見るまでは」

言うが早いか、加賀美が玲司の体を覆っていたシーツを剝ぎ取ってベッドの下に落とした。

そのまま鮮やかに身を返した加賀美は、玲司の体をまたいでベッドに上がり込む。流れるような動作で両手を玲司の顔の横につくと、呆然とする玲司を見下ろして加賀美はゆるりと笑った。

「俺に婚約者がいるってのが紺野の作り話だってわかったときのアンタの顔を見て、水木の言ってることは本当だったんだと思ったんだよ。アンタあのとき、心の底からホッとしたような、今にも泣き出しちまいそうな顔してたんだ」

気づかなかったか？　と加賀美が笑う。玲司はもう、二の句が継げない。そんな表情の変化を見られていたなんて。今さらながら、身を捩りたくなるほどに気恥ずかしい。

硬直する玲司を見下ろして、加賀美はゆっくりと玲司の頰を掌で包んだ。

「言っちまえよ。アンタ俺に惚れてるんだろう？」

頰を包む掌は温かい。うっかりそれにすがりそうになって、玲司は苦々しく顔を歪めた。

「何を……馬鹿な――……」

「俺は惚れてるぞ」

間髪入れず、加賀美の声が降ってきた。息を飲むと同時に加賀美の唇が落ちてきて、軽く触れるだけのキスの後、加賀美は玲司の顔を覗き込んだ。

「馬鹿なことか？」

——こちらを見る加賀美は、予想に反して真剣な顔をしていた。

玲司は息ができない。心臓が迫上がってくるようで、苦しい。だって信じられない。加賀美がそんな目で自分を見ていたなんて。信じられないから、嘘だ、と思った。

きっとこれは質《たち》の悪いジョークだ、それなのに気を抜くと信じてしまいそうだ。だから加賀美にも早く嘘だと言って欲しくて、玲司は自らも嘘をつく。

「……私はゲイじゃありません。貴方に惚れるわけがない」

加賀美を見上げ、玲司は淡々と言い捨てる。

内心の動揺に反して自分の声が震えていないのが玲司には意外だった。ヤクザ相手の仕事ばかりしていたから、知らずに肝が据わってしまっていたのかもしれない。

加賀美は薄く笑うと、ごく自然な動作で玲司のネクタイに指をかけた。

「俺だってゲイじゃないよ。アンタだって根っからの人じゃないだろう。でも、アンタは俺に惚れちまったし、俺もアンタが欲しくなった」

首からネクタイが引き抜かれる。ワイシャツの布越しに感じる摩擦に、なぜか背筋が総毛立った。くらくらする。熱があるような気がする。まだ、自分は酔っているのだろうか。

「最初はまぁなんて可愛気のないつんけんした奴だって思ってたけどな、クールに見えるのは外見だけで意外に中身が泥臭い。誰のために立ち回ってんだか自分でもわかってないような顔して、結局他人のために動いてるのが面白くて、目が離せなかった」

加賀美は機嫌よさ気に喋りながら器用に玲司のワイシャツのボタンを外していく。玲司はそれを止められない。体に力が入らない。

それをいいことにすっかり玲司からシャツを脱がせてしまうと、加賀美は玲司の顔を覗き込んで一際華やかに笑った。

「なんだ、とんでもなく可愛いじゃねぇかと思ったときにはもう、惚れてたな」

玲司はギリッと奥歯を噛み締める。そうしないと、溜め息が唇から漏れてしまいそうで。

それはそれは甘い吐息が漏れてしまいそうで、怖くて。

「……そんなふうに言われても、嬉しくありません」

「そんなふうにとろとろした目で言われても、説得力ねぇなぁ」

反論は笑顔で一蹴され、加賀美の両手が玲司の頬を包む。眠っている間に眼鏡は外されていて、頬に、瞼に、鼻先に、顔中に加賀美の唇が落ちてくる。

抵抗したいのに、するべきだと思うのに、体が動かない。男同士だというのに嫌悪感はなく、むしろ心地いいくらいのそれに玲司は目を閉じた。加賀美の唇が耳元に移動して、耳朶《じだ》を軽く噛まれながら囁かれる。

「アンタも俺に惚れたって白状しちまえよ」

耳に流し込まれる声は甘く、玲司は小さく喉《の》を仰け反らせる。気を抜くと指先から蕩《とろ》けてしまいそうだ。それなのに、唇だけが頑なに加賀美の言葉を否定する。

「……惚れてません」

「なんだってそこで素直になれないのかねぇ」

苦笑と共に、加賀美に少し強い力で耳殻を噛まれた。痛い、けれど、同時に体の芯が疼《うず》く。素直になれないのは当たり前で、だって今日までずっと玲司は自分の想いを否定し続けてきたのだ。もういっそ、なかったことのように振る舞おうとすらしていた。それなのに突然加賀美も同じ想いでいたなんて言われても俄かには信じられない。素直になる機会などとうに失ってしまった。信じた途端に裏切られてしまいそうで、とても怖い。

だから何も言えずに唇を噛んでいると、加賀美は唇を玲司の首筋に移動させてきた。

「だったら、とりあえず既成事実を作っちまおう」

喉元をきつく吸われ、玲司は口の端から漏れてしまいそうになる声を必死で噛み殺す。掠れた声であくどい、と呟けば、喉元で加賀美が小さく笑った。

「アンタがもっとあくどくなれって言ったんだろうが」

いつそんなことを、と玲司が記憶を手繰り寄せるより先に、加賀美の手が玲司の胸を撫で上げ、指先が胸の突起に触れてきた。

「あっ……」

これにはさすがに声を殺せず、ビクリと体を跳ね上がらせてしまった。玲司はそんな自分の反応にカッと顔を赤くして、横顔を枕に押しつけた。

加賀美は緩く笑いながら、親指の腹で円を描くようにして胸の尖りをこね回す。

「どうしても素直になれないんなら、酔った勢いのせいにしちまえばいい」

敏感な胸の先端を刺激しながら、加賀美が玲司の顔を覗き込む。互いの吐息が混じり合う距離で、加賀美は低く囁いた。

「ほら、俺の首に腕回せよ。酔ってるんだろう？　まともな判断なんかつかないよな？」

至近距離で加賀美が囁く。薄茶色の瞳は濃密な雄の気配を漂わせて玲司を誘っていて、その目に、落ちてしまえ、と唆され、玲司は緩慢に両腕を上げた。

首に腕を回すと加賀美との距離がいっそう近くなった気がした。よくできました、とでも言いた気に乾いた唇を加賀美に舐め上げられる。それがどうしようもなく気持ちよく、体はふわふわと浮遊感に満ちていて、気がつけば、玲司は自ら加賀美の唇を追いかけていた。

合わせた加賀美の唇が笑みをかたどるのがわかった。酔っているからだ、と言い訳しようとすると、唇の隙間から加賀美の舌が割って入ってくる。微かにビールの味が残る舌は苦くて、熱い。それが玲司の口腔を蹂躙《じゆうりん》して、玲司は強く加賀美の首を抱き寄せた。そうすると互いの舌はますます深く絡まり、途中で加賀美が強く玲司を抱いてきて、内側から蕩けてしまいそうだ、と玲司は思った。がっしりと逞《たくま》しい首を腕に抱き、自分がどれほどこの男を欲しがっていたのだか思い知る。

　唇を離すと、まだ濡れたままの唇を弓形に曲げて加賀美が囁いてきた。

「少しは素直になる気になったか？」

問いかけに玲司は押し黙る。本心を口にしたら現実が全部夢になってしまうような気がした。途端に加賀美が、冗談だ、と笑いながら身を離してしまう気もした。

　我ながらうんざりするほど用心深く疑り深い自分に閉口して黙り込んでいると、加賀美はその沈黙をどう読み取ったのか、苦笑混じりで玲司の胸に唇を落としてきた。

「先生を落とすのは骨が折れそうだ」

　そんな言葉と共に、おもむろに胸の尖りを口に含まれた。ぬるりとした感触に玲司は短い声を上げる。予想外に甘い自分の声に慌てて玲司が手の甲を口元に押しつけると、加賀美は瞳を上げて目元だけで笑った。

　加賀美は舌先でちろちろと玲司の胸の尖りを舐め、時折きつく吸い、甘く嚙む。そのたびに玲司の体は瀬に打ち上げられた魚のようにビクビクと跳ね上がり、手の甲で押さえつけた口元からは甘苦しい息が漏れた。

「それじゃ苦しいだろ、先生」

　顔を上げた加賀美が玲司の手首を摑む。口元からそれを剝がそうとするのを嫌がって玲司が横を向くと、存外簡単に加賀美の手は外れた。どうやら左手だったらしい。

けれど加賀美はもう一度左手を伸ばし、優しい指先で玲司の掌を撫でた。

「声を出した方が気持ちよくなれる」

嫌です、とくぐもった声で玲司が答えると、加賀美は目を細めて玲司の頬に唇を寄せた。

「そう強情だと、実力行使に出るしかないな」

玲司はグッと口元に寄せた手に力を込めた。今度は右手が伸びてくると思ったからだ。その予想通り、加賀美は右手を伸ばした。けれど、玲司の想定とは外れた方向に。

「んぅっ……！」

手の下から、くぐもった声が漏れた。加賀美が右手を伸ばしたのは、玲司の下肢だ。玲司はとっさに足を閉じようとするが、それより早く加賀美が足の間に体を割り込ませてきて失敗する。加賀美は玲司の顎に唇を滑らせながら、スラックスの上から玲司の雄を指先で撫で、小さく笑った。

「男の体ってのは無情なほど正直だよな」

からかうような口調で囁かれ、玲司の顔から首までいっぺんに赤くなった。言われなくたって自分の体だ、どんな状況にあるかはよくわかっている。加賀美の触れる部分は、すでに欲望も露わに硬く形を変えていた。

加賀美は確かめるように布の上から二、三度それを撫で下ろした後、ためらいもなくファスナーを下げ下着の中に手を入れてくる。ギョッとしたのは玲司で、まさかそんなに躊躇なく直《じか》に触れられるとは思ってもいなかったから、思わず加賀美の表情を窺おうと枕に押しつけていた顔を正面に向けてしまった。

加賀美は同じ男の性器を握っているというのに、まったく不快そうな顔をしていなかった。むしろ玲司の反応を楽しむようにその瞳を覗き込み、短く呟く。

「熱い」

それだけ言ってゆっくりと上下に扱《しご》かれ、玲司の背に思い出したように快感の波が走った。

「ん…っ……んんっ……！」

大きな掌に包み込まれ、軽いタッチで擦り上げられると腰の奥に重たく熱が溜まるのがわかった。熱はじわじわと浸透して、腹に、内股に、腰に至る。加賀美の手は少しずつ強さを増し、押し寄せる快楽の波も大きくなる。

「ん……んっ……」

手の甲を噛んで声を殺していると、加賀美の左手がそっと玲司の指先に触れた。

「そうやって苦しい息の下から喘いでる方がよっぽど色っぽかったりするんだぞ？　先生」

左手が、優しく玲司の手を引き剝がそうとする。その優しさとは裏腹に、右手は容赦なく玲司を追い上げる。玲司の先走りを指先に絡め、一際鋭敏な先端をこねるように指の腹で攻められて、玲司は耐えきれず身を捩った。口元から手が離れ、すかさず加賀美の左手でシーツの上に縫いとめられた。

「でも、こうしてちゃんと顔が見えた方が興奮するな」

「ば…っ…あ、あぁっ……」

馬鹿なことをと、睨むつもりが上手くいかなかった。加賀美が裏筋に親指を当てながら強く上下に扱いてきて、俄かに瞳が甘く潤む。色っぽい、と加賀美が目を細めた。

「誰、が…っ…や、めてください、もう…っ…」

弾む息をなんとか抑えつけ、玲司は加賀美の下で身を捩る。加賀美の手の動きが段々と強く速くなってきて、気がつけばもはやのっぴきならない状況になっていた。

それなのに加賀美は手を止めるどころかますます大きく動かして、顔を背けた玲司の耳を軽く噛んだ。

「いっちまえよ、このまま」

「な——…っ…」

いいから、と呟く声と共に、耳の穴に加賀美の舌が差し込まれた。熱く濡れたその感触に玲司の体が沸騰する。そのまま耳全体を加賀美の口に含まれ、加賀美の息遣いと濡れた水音と薄い皮膚越しに伝わる熱に、玲司は背中を弓なりにした。

「や、あっ、あぁ——っ……！」

先端から溢れる透明な粘液が潤滑油代わりになって、与えられる快感は加速的に増加する。膨れ上がったそれを抑える術もなく、玲司は喉の奥から掠れた高い声を上げた。

内股が痙攣して腰が震える。最後まで必死で抵抗しようとしたものの、結局玲司は加賀美の手の中で最後を迎え、脱力したようにシーツに体を投げ出した。

どくどくと体中を血が巡っているのがわかる。アルコールが一瞬で全身に回る。眩暈がするようで、玲司は力なく瞼を閉じた。

ギッとベッドが軋む音がして、ふいに加賀美の体が離れた。それで再び目を開けた玲司は、こちらに背を向けてベッドを降りようとする加賀美を見て奇妙な肌寒さに襲われた。思わず加賀美に手を伸ばしかけ、それをグッと握り締めると玲司は掠れた声を上げた。

「………貴方は？」

肩越しに加賀美が振り返る。机の上に置かれたランプの明かりが逆光になって、その表情はよく見えない。突然体を離してしまった加賀美の胸の内も見えなくて、玲司は唐突な不安に襲われ視線を揺らめかせた。

「その……私ばかりで……いいんですか」

語尾が段々弱くなる。もしかするとなんだか凄く馬鹿なことを言ってるんじゃないかと玲司が軽い自己嫌悪に陥りそうになったとき、加賀美が笑いを押し殺して身を乗り出してきた。

「心配しなくても、据え膳に手を出さないほど俺は高尚じゃない」

言いながら玲司の唇に軽いキスをして加賀美は立ち上がる。何をするのかと思ったら、加賀美は部屋の端に置かれた机に近づいてランプのスイッチを切った。

途端に部屋が闇に沈み込み、加賀美の姿も暗がりに残像だけ残して消えた。

玲司は小さく瞬きをする。耳を澄ますと衣擦《きぬず》れの音がして、どうやら加賀美が服を脱いでいるようだ。

「意外に、明かりを消すなんて常識的なことをするんですね……」

思うよりも早く言葉が口を突いて出た。酔っているせいか、いつもより言葉の滑りがいい。

加賀美が振り返る気配がして、ゆっくりと素足で床を踏む音が近づいてきた。

「――……最初は多分、見えない方がいいだろう」

玲司の足にまとわりつくスラックスと下着を脱がせ、加賀美が上に覆いかぶさってくる。

カーテンが中途半端に開いているせいで、部屋の中にはうっすらと外の明かりが入ってくる。段々と互いの輪郭が浮かび上がる中で、玲司はひっそりと目を伏せた。

「……最初から男の体なんて目の当たりにしたら、どうにかなるものもどうにもならなくなってしまいますからね」

それもそうかとなんの気なしに言ったつもりだったのに、口にしてみると自分でも驚くほど鈍く胸が軋んだ。支離滅裂な自分の反応を持て余し玲司が舌打ちをしそうになると、違う、と加賀美が低く遮った。

「そういうことじゃない。俺が、見せられないだけだ」

何を、と言葉を重ねようとしたら、加賀美の手がスルリと玲司の内股に滑り込んできた。

まだ腿《もも》や先端に残っている先程玲司が放ったものを加賀美が指先で搦《から》め捕《と》る。その指が真っ直ぐに体の奥の窄《すぼ》まりに触れて、玲司はビクリと体を強張らせた。

「……俺も男相手は初めてだ。きつかったら言ってくれ」

暗がりの中、もう目が慣れてしまったのか、加賀美は正確に玲司の唇に自身のそれを重ねてくる。指先は確かめるようにゆっくりと縁をなぞり、玲司はグッと奥歯を嚙むと首を上げて自ら深く唇を合わせた。

玲司なりに了承の意を示すつもりのその行為に、唇を重ねたまま加賀美が薄く笑った。

「……潔いな、先生」

玲司の唇を舐めながら加賀美が囁く。指の先がまだ固く閉じたままの窄まりをほぐすようにゆるゆると動いて、玲司は喉の奥で空気の塊を押し潰した。

グッと圧がかかる。体が硬直する。玲司の頬に唇を滑らせた加賀美が、息吐いて、と短く告げて、玲司は考えるより先にそれに従う。次の瞬間、加賀美の指が体の内側に入ってきた。

「ひ——…っ…」

うっかりと声が出た。痛みがあったわけではない。それよりも、加賀美の指が予想外にスムーズにずるりと奥まで侵入してきたものだから驚いた。痛みは少ないが、異物感は相当だ。内壁に当たる慣れない感触に、玲司は息を引きつらせる。

「息が吐けなけりゃ、声を出すといい」

震える玲司の唇を加賀美が舐め上げる。同時にゆっくりと指を出し入れされ、玲司は促されるまま唇を開いた。声を殺している余裕は、もうなかった。

「あっ……あぁっ……や――……」

「そうだ、そのまま――……」

繰り返し唇を舐められる。時折下唇を甘く噛まれる。慣らすように動かされていた指は、次第に明確な意思を持って動き始める。玲司の体の内側の、隠された部分を探ろうとする。ぐるりと指を回されたとき、玲司の体が大きく跳ねた。短い声を上げ水際立った反応を見せた玲司に、加賀美が一瞬動きを止める。

しばらくして、もう一度探るように指を動かしてから、加賀美は中でグッと指を曲げた。

「あ…っ…あ、ぁっ!」

ギュウッと内側が加賀美の指を締めつける。とっさには、たった今与えられた刺激をねだりたいのか制したいのかわからず、玲司は嫌々と首を振った。

「……ここか?」

「ち…っ…ちが……でもっ、嫌です――…っ…」

言葉の端から、加賀美が同じ場所を指で擦り上げる。玲司の体が再び跳ね上がり、嫌だという言葉に反して唇からは甘い声が漏れた。二度三度同じ刺激を与えられれば体はいっぺんにその感覚を覚え込む。爪先まで痺れの走るような、これはまぎれもない快感だと。

知識としてはそういう場所が体の中にあると知っていたが、まさか自分の体がこんなにも顕著な反応を示すとは思ってもいなかった。動揺して加賀美を押しとどめることもできずにいると、それをいいことに加賀美は遠慮なく玲司の内側を探る指を増やしてくる。

「あっ……あぁ……あ——……っ……」

酔っているせいで体に力が入らないのが幸いしたのか、相変わらず痛みはさほどでもない。それよりも、奥を突かれ、強く押し上げられるたびに高まる射精感に玲司は戸惑う。けれどその混乱も快楽に押し流され、玲司は加賀美の体の下で長々と後を引く甘い悲鳴を上げた。

「っ……先生の声は、人の自制心を殺しちまうな」

気がつけば、加賀美の声からも余裕が失われていた。

次の瞬間、玲司の内側を好きに蹂躙していた指が引き抜かれ、大きく足を開かされた。これにはさすがに冷たいものが背中を走り、反射的に閉じそうになる足を加賀美が押さえつけた。窄まりに熱い塊が押しつけられる。

それは息を飲むほどの硬度と熱を持ち、圧迫感で玲司の息が止まった。暗がりでまったく見えなかっただけに突然押し当てられたそれは玲司を怯ませたが、加賀美もこれ以上時間をかけるほどの余裕がないようだ。

待ったなしで、ゆっくりと、熱い刀身が玲司の体を貫く。

「——……っ……！」

身をふたつに裂かれるようで玲司は声も出なかった。無意識に手を伸ばし、すぐ側にある加賀美の腕にすがりつく。痛みをやり過ごそうと肌に爪《つめ》を立て悲鳴を殺す。最後はグンと勢いをつけ最奥まで飲み込まされ、玲司は小さな悲鳴を上げて加賀美の胸に頬を押しつけた。

「……きっついな……」

耳元で加賀美の声。少し息が乱れたその声に、玲司の背にまた震えが走った。根元まで飲み込んでしまうと、こうして加賀美がジッとしていてくれる分にはさほど辛くない。玲司は加賀美の体の下で息を整えながら、やっと自分が加賀美の腕に深く爪を食い込ませていたことに気づいて指先から力を抜いた。

そうして肌の上を指が滑ったとき、玲司はその違和感に気づいた。加賀美の腕に、不自然な隆起がある。何か、引き攣れたような。

（……あぁ、左腕――……）

玲司はゆっくりと瞬きをする。そうだ、加賀美は昔、バイクと左腕が衝突したと言っていた。当然大ケガをしただろうし、深い傷跡は今なお消えていないに違いない。

そういえば明かりを消すとき、加賀美は俺が見せられないんだ、と言った。今になってやっとその言葉の意味を悟り、玲司は黙ってその左腕を指先で撫でた。

「くすぐったいよ、先生」

闇の中、玲司の行動の意味を知ってか知らずか、加賀美が笑う。そうしながら玲司の体を緩く揺すり上げてきて、玲司はまた加賀美の腕にすがりつく羽目になった。

「んっ……ま、待って、待ってください……、まだ——…っ…」

「もういけるだろう……？　指であれだけ感じてたんだから」

無理だと答えるより先に腰を揺らされ、玲司は顎を仰け反らせる。

薄い皮膚を硬い切っ先で押し上げられると、その向こうで何かが蠢《うごめ》くような気がした。快とも不快とも決定的には傾かない、曖昧でもどかしい感覚。

「ん、やっ、あっ、あっ……」

それでも、揺すり上げられれば動きに合わせて声が出る。その声が、甘い。自分でも信じられないほど甘くて、玲司は耳を塞ぎたくなる。

「——……悪くないだろう？　先生」

追い討ちをかけるように耳元で加賀美に囁かれ、玲司は加賀美を睨みつける。大分目が闇に慣れて、ぼんやりと加賀美の姿も見えるようになってきた。表情まではわからないが、唇の端に笑みが浮かんでいるのは想像できて、玲司は悔しまぎれに口を開いた。

「こ…っ…んなときまで…っ…んっ……先生、ですか……」

浅く突き上げられながら喋るものだから、声が切れ切れになってしまう。言葉の端々には熱い溜め息が混ざって、心なしか、内側を占める加賀美がその存在感を増した気がした。

「先生じゃ嫌か……？」

「生徒のつもりですか…っ…！」

今、こんな状況で、こんなにも自分を好き勝手に扱っているくせに。

加賀美が低く笑って、玲司の口元に唇を寄せた。

「じゃあ、玲司」

囁いて、嚙みつくようなキスをされた。

玲司は単に自分の名を呼ばれただけなのに心臓が跳ね上がった気がして、そのまま強く唇を吸われ本気で心臓ごと吸い上げられてしまう錯覚に陥る。

突然何かのスイッチでも入ったのか、加賀美が強引に玲司の唇を舌先で割る。それまでの緩やかな動きから一転して、玲司を突き上げる力が強くなった。

「んっ……んぅ……っ！」

背中に腕が回され、強く抱きしめられて互いの胸がピタリと合わさる。

口腔の奥深くまで加賀美の舌が侵入して、上顎から舌の裏まで余すところなく舐め上げられた。そうしながら抉るように腰を突き上げられ、玲司は眩暈を起こしそうになる。体の外からも中からも、すべて加賀美に満たされてしまった気がした。それはとんでもなく気持ちのいいことで、玲司は自分も加賀美の背に腕を回して汗ばんだその体をしっかりと抱き返す。

「んっ、んんっ……はっ、あっ、あぁっ！」

途中、息継ぎができなくなって唇が離れると、後はもう乱れた声ばかりが室内を満たした。加賀美の動きはさらに大きく激しいものになり、互いの体を打ちつける音まで聞こえてくる。その合間には加賀美の乱れた呼吸も伝わってきて、玲司は髪を振り乱して喘いだ。

「あっ、やっ、や…っ…！　あぁ――…っ…！」

内側の、柔らかく潤んだ、一際感じる部分を硬いもので強く押し上げられ、玲司は掠れた悲鳴を上げた。同じ場所を繰り返し抉られ、快感は頂点へと駆け上がる。

息が止まるほど、よかった。たまらなくよくて、玲司は加賀美の腰に内股を擦りつける。それに応えて加賀美が最奥を突き上げ、玲司は全身を戦慄かせる。

「ひっ、あっ、あぁっ！」

痙攣と共に玲司の欲望が弾けた。程なくして、加賀美も低い呻き声を上げる。内股に叩きつけられる飛沫《ひまつ》の感触は予想外に鮮明で、玲司はヒクヒクと体を震わせ、脱力した。

途中、指先が加賀美の左腕の上を滑ってあの不思議な隆起を辿った。

まるで鱗のようだ、と掠れる意識の中で玲司は思った。そういえばあの左腕の刺青の先にはいったい何がいるのだろう。蛇とも龍とも、未だに判断がつかない。

そんなことを思っていたら指先がぱたりとシーツの上に落ち、次いで固く加賀美に抱きしめられた。その力強さに安堵して、玲司の意識は急速に遠ざかる。

闇の中、銀に光る鱗が過ぎった気がしたのは錯覚か否か。

玲司はその夜、白い龍に抱かれて眠る夢を見た。

◆◇◆

「認めません」

静かな事務所にきっぱりと響いた声に視線が集まる。直後、紺野の気だるい声が続く。

「なんで。請求書だってちゃんとあるし、必要経費だろうが」

「いくら接待でも三軒目からは自腹です。会社の経費が無限にあると思われては困ります」

でもよぉ、と食い下がる紺野の声と、認めません、と頑なに繰り返す玲司の声がミラー中古車店の事務所に響く。隣では水木が、知らん顔で黙々とキーボードを叩いている。

季節は十月。三ヶ月前に中間申告を出したチームワークが嘘のように、ミラー中古車店はまた金銭に対する管理意識が薄れていた。今月の給料が出ない、という目に見えて迫る危機を回避して日常が戻ってきてしまうと、またぞろ以前の状態に戻ってしまうらしい。

まるで賽《さい》の河原《かわら》だ、と思いながら、玲司は溜め息混じりで前髪をかき上げた。

「来月からは私の月次訪問も従来通り月一になるんですからね。しっかりしてくださいよ」

その言葉尻にかぶせるように、えーっ、と子供じみた声が背後で上がった。

水木でも紺野のものでもない声に振り返ると、事務所の入口に加賀美が立っていた。

ちょうど出先から戻ったところなのだろう。黒に細いストライプの入ったスーツをすっきりと着こなした加賀美は手にした鞄も置かぬまま玲司に歩み寄って、先程の紺野より不満気な顔をする。それを見て、玲司は細い眉を吊り上げた。

「本来ならば、今月から訪問自体やめようとしていたところです」

「冗談だろ、そんなことされたらあっという間にうちは元の状態に戻っちまう」

加賀美がそっと声を潜める。一応は経理部長の水木に気を遣っているらしい。

そのまま目顔で窓辺を示され、玲司は紺野との不毛な問答を一方的に切り上げるとデスクから少し離れた窓辺に立った。

何か、と無表情で玲司が加賀美を見上げると、加賀美はほんの少し落胆した顔をした。

「……あんなことがあったってのに変わらねぇなぁ、アンタは」

玲司は無言で加賀美を見上げる。あんなこと、というのは当然忘年会の夜のことだろう。

加賀美の言葉に潜む睦言めいたそれを察しても、玲司は表情を変えようとしない。

実際、あれ以降も玲司は加賀美に対する態度を変えていなかった。加賀美の腕に一晩抱かれ、自分の想いを自覚した今も、好きだという言葉すら口にしたことはない。

今も黙って玲司が窓の外へ視線を飛ばすと、加賀美は苦笑混じりで呟いた。

「甘い顔だってちっともしてくれないし……喪服も、まだ脱ぐつもりはないみたいだし？」

玲司が身に纏っている黒いスーツにダークカラーのネクタイを加賀美が視線で辿る。

声は揶揄するようでいて、まだ父親の過去を引きずっているのか、と探る気配も感じられた。だからここにいるのかと、加賀美はそう尋ねようとしている。

それでも玲司は加賀美に視線を向けない。窓の外に目を向けたままゆっくりとした瞬きをすると、お手上げだ、とばかり加賀美が溜め息をついた。

「──……アンタがどういうつもりで俺の側にいてくれるのか、俺にはわからん」

珍しく加賀美が沈んだ声を出す。それでようやく、玲司は加賀美に視線を戻した。

「喪服ではなく、礼服です」

出し抜けに先程の加賀美の言葉を否定すると、加賀美が不思議そうな顔をしてこちらを見た。それを見上げ、玲司は至極真面目な顔で言う。

「貴方の門出に、礼服を着てお祝いをしているんです。だから脱ぎません、貴方がその道を進む限り。私が背中を押したんですから、最後まできちんとサポートするつもりです」

加賀美が緩く目を見開く。その目を覗き込んで、玲司はわずかに唇の端を持ち上げた。

「いつかあなたが目的の場所に辿り着いたら、ご祝儀に甘い顔でもなんでもしてあげますよ」

だから進め、と玲司は言外に告げる。止まるな、迷うなと背中を押す。

過ぎたものを惜しむ喪服ではなく、新しい、どんな場所にも背筋を伸ばして向かえる礼服を着て、自分も前に進むつもりなのだから。

そういう玲司の心情の変化を感じ取ったのか、驚いたような顔でこちらを見下ろしていた加賀美の表情が、ゆっくりと変化した。

「それじゃあ、早いところ頂上まで行っちまわないとなぁ」

楽しそうに、加賀美が笑う。やることが山積みだ、と、困ったような、それでいて充実し切った表情をする加賀美の横顔を見上げて、その通りだ、と玲司は思った。

自分にも、やるべきことは山とある。まずこのミラー中古車店の、経理を舐め切った態度をもう一度改善させることから始めなければいけない。他にも同じような状況の会社を複数抱えているし、地獄の年末調整も迫っている。やるべきことに果てはない。

そうして、自分ももう少し税理士として力をつけたら。

税務や法律の知識を身につけるだけでなく、関わる企業の内情にまでもう一歩踏み込めるような、相手先の社長と楽しそうに酒を酌み交わし、その孫を抱き上げていた、父のような税理士になれたら。

そうしたら、加賀美の左腕にもきちんと触れてみよう。見ない方がいい、とどこか苦々しい声で言った加賀美の腕を、自分はちゃんと見たいし、触れたいのだ。

(蛇だか龍だか得体の知れない、この人の正体もわかるかもしれない)

晴れ晴れと乾いた秋の風を身に纏い、加賀美は遠くを見詰めて笑っている。

その横顔から目を逸らし、自分も同じ方向に視線を向けて玲司は事務的な口調で言った。

「今日はまず、損益計算書のチェックから始めましょう」

甘い言葉も笑顔も声も、その日のためにとっておこう、と思いながら。

あとがき

ヤクザの組織内で下っ端が問題を起こしたとき、組長が身代わりで留置所に入るという情報を警察関係者からリアルに仕入れてきた海野です、こんにちは。

組長が小脇に雑誌抱えて留置所までジャージでやってくるのも実話だそうですよ！　朝に煙草を一服吸ったらあとは白湯でも飲みながらのんびり雑誌をめくっているそうです。組長クラスになると留置所内でも至って静かに過ごしてくれるので警察としても扱いやすいとか。

帰り際には読み切った本や雑誌を置いて去っていく組長。雑誌は当然その筋の方向けのものなんですが、留置所の職員がパラリとページをめくると中央には、『ヤクザの社会はストレス社会』の大見出しが。

……ヤクザって、大変なんだな、と職員がそっと組長の背中を見送ることもあるそうです。

こんなシーンにリアリティを求めなくてもよかったんじゃないかなと今さら思っているわけですが、唯一の取材の成果だったものでつい。

斯様に取材のしどころを間違えている作者に代わり、今回税理士という職種のお話を書くにあたってたくさんのご助言を賜りました担当様、いつもありがとうございます。さらに挿絵を担当してくださった麻生海様、ストイックなのに色気のある玲司と、のらりくらりしながらもきっちり男前な加賀美をありがとうございました！

また、末尾になりますがこの本を手に取ってくださった読者の皆様、本当にありがとうございます。少しでも楽しんでいただけましたら幸いです。

それではまたどこかで、ご縁がありましたらお目にかかりたく存じます。

海野　幸

海野幸先生、麻生海先生へのお便り、
本作品に関するご意見、ご感想などは
〒101-8405
東京都千代田区三崎町2-18-11
二見書房　シャレード文庫
「黒衣の税理士」係まで。

本作品は書き下ろしです

CHARADE BUNKO

黒衣《こくい》の税理士《ぜいりし》

【著者】海野幸《うみのさち》

【発行所】株式会社二見書房
東京都千代田区三崎町2-18-11
電話　03(3515)2311［営業］
　　　03(3515)2314［編集］
振替　00170-4-2639
【印刷】株式会社堀内印刷所
【製本】ナショナル製本協同組合

落丁・乱丁本はお取り替えいたします。
定価は、カバーに表示してあります。

ISBN978-4-576-10102-6

http://charade.futami.co.jp/